H. Mann | Der Untertan

Lektüreschlüssel XL

für Schülerinnen und Schüler

Dieses Buch wurde klimaneutral gedruckt.

Alle CO_2-Emissionen, die beim Druckprozess unvermeidbar entstanden sind, haben wir durch ein Klimaschutzprojekt ausgeglichen.

Nähere Informationen finden Sie hier:

Klimaneutral
Druckprodukt
ClimatePartner.com/14058-1912-1001

Heinrich Mann

Der Untertan

Von Theodor Pelster

Reclam

Dieser Lektüreschlüssel bezieht sich auf folgende Textausgabe:
Heinrich Mann: *Der Untertan. Roman.* Hrsg. von Werner Bellmann. Nachw. von Andrea Bartl. Stuttgart: Reclam, 2021. (Reclams Universal-Bibliothek 19360.)

E-Book-Ausgaben finden Sie auf unserer Website
unter www.reclam.de/e-book

Lektüreschlüssel XL | Nr. 15536
2021 Philipp Reclam jun. Verlag GmbH,
Siemensstraße 32, 71254 Ditzingen
Druck und Bindung: Eberl & Koesel GmbH & Co. KG,
Am Buchweg 1, 87452 Altusried-Krugzell
Printed in Germany 2021
RECLAM ist eine eingetragene Marke
der Philipp Reclam jun. GmbH & Co. KG, Stuttgart
ISBN 978-3-15-015536-3

Auch als E-Book erhältlich

www.reclam.de

Inhalt

1. Schnelleinstieg

Autor	Heinrich Mann, geb. 27. März 1871 in Lübeck, gest. 12. März 1950 in Santa Monica, Kalifornien • Abbruch der Schullaufbahn in der Sekunda, Banklehre, seit 1894 zahlreiche Veröffentlichungen • Bruder des Literaturnobelpreisträgers Thomas Mann • als Demokrat und »Linker« 1933 in die USA emigriert • sollte 1950 Präsident der Akademie der Künste in Ost-Berlin (DDR) werden (zuvor gestorben)
Entstehungszeit und Veröffentlichung	• 1904–1914: Arbeit am *Untertan* • 1914: Januar: Beginn des Abdrucks in der Zeitschrift *Zeit im Bild*; August: Abbruch des Drucks • 1916: Privatdruck in etwa zehn Exemplaren • 1918: *Der Untertan* erscheint im Kurt Wolff Verlag • 1925: Zusammenfassung der Romane *Der Untertan* (1918), *Die Armen* (1917) und *Der Kopf* (1925) zur Trilogie *Das Kaiserreich. Romane der deutschen Gesellschaft im Zeitalter Wilhelms II*
Gattung	Historischer Roman / (gesellschaftskritischer) Zeitroman
Ort und Zeit der Handlung	• Orte: Netzig (fiktive preußische Kleinstadt), Berlin, Zürich und Rom • Zeit: 1890 bis 1897 (außerdem Rückblenden in die Kindheit des Protagonisten)

Kurzinhalt	Diederich Heßling verbringt die Kindheit und Schulzeit in der fiktiven preußischen Kleinstadt Netzig, seine Studienzeit in Berlin und übernimmt nach seiner Rückkehr die elterliche Firma. Er spielt im Privatleben, als Firmenchef und in der lokalen Öffentlichkeit eine Rolle, die ihn vergleichbar mit dem in Berlin autoritär regierenden Kaiser Wilhelm II. macht.

Die Erstausgabe

Der Untertan ist Heinrich Manns zehnter Roman. Er erschien erstmals vollständig in der heute maßgeblichen Form in einer Auflage von 100 000 Exemplaren im Dezember 1918 – also kurz nach dem Ersten Weltkrieg, als der Krieg für die Deutschen verloren war und als Wilhelm II., der letzte deutsche Kaiser, abgedankt hatte und bereits im Exil lebte.

Auch jene Romane, die der Autor vorher veröffentlicht hatte, waren schon gesellschaftskritisch ausgerichtet. Zu ihnen gehört der 1905 erschienene Roman *Professor Unrat oder Das Ende eines Tyrannen*. In ihm werden auf satirische Weise die Entgleisungen eines Gymnasiallehrers namens Rat und das Abgleiten der bürgerlichen Gesellschaft insgesamt ins Chaos thematisiert. Der Roman hatte eine nachhaltige Wirkung – auch durch die kongeniale Verfilmung mit dem reißerischen Titel *Der blaue Engel*, der die Hauptdarstellerin Marlene Dietrich zum Weltstar machte.

In seinen Anfängen durchaus nationalistisch und explizit antisemitisch eingestellt, wurde Heinrich

Mann bekannt und erfolgreich, als er in einer radikalen Wende aus seiner weltbürgerlichen Gesinnung und seiner Sympathie für die französische Literatur und Kultur keinen Hehl mehr machte. Er schätzte die Ideen der Französischen Revolution, Freiheit, Gleichheit, Brüderlichkeit, mehr als die in der deutschen Monarchie verordnete Kaisertreue. Er verachtete nicht nur Tyrannen wie die von ihm entworfene Figur des Gymnasiallehrers Rat, sondern stellte alle angemaßte Macht, die festgefügte Monarchie und die autoritäre und militaristische gesellschaftliche Struktur in Frage – und machte sich damit nicht nur Freunde. Heinrich Manns Roman *Der Untertan* konnte erst erscheinen, als am Ende des Ersten Weltkriegs die Monarchie abgeschafft war und die Republik sich durchzusetzen begann – in einer Zeit der Krise und des Neuanfangs.

■ Heinrich Mann, ein Weltbürger

In einer Buchbesprechung aus dem Jahr 1919 wird der Inhalt des Romans so zusammengefasst: »Diederich Heßling, Sohn eines kleinen Papierfabrikanten, wächst auf, studiert und geht zu den Korpsstudenten, dient und geht zu den Drückebergern, macht seinen Doktor, übernimmt die väterliche Fabrik, heiratet reich und zeugt Kinder.«[1] Dem Leser dieser Rezension wird das Buch als »ein Stück Lebensgeschichte eines Deutschen«[2] vorgestellt – als eine Art Entwicklungs- oder Bildungsroman eines jungen Mannes aus bürgerlicher Familie. Aber: Es ist mehr.

■ Entwicklungsroman?

1 Kurt Tucholsky, *»Der Untertan«*, in: K. T., *Ausgewählte Werke*, Reinbek b. Hamburg 1965, S. 318.
2 Tucholsky (s. Anm. 1), S. 318.

Ein »gefährliches Buch«?

Der Roman ist, wie der bekannte Rezensent Kurt Tucholsky warnt, »ein gefährliches Buch«.[3] Die Gefahr geht vom Bezug der Handlung und der Figuren zur außertextlichen gesellschaftlichen und politischen Situation aus: Diederich Heßling, die Hauptfigur des Romans, ist als Typ seiner Zeit, als repräsentative Figur einer Epoche der deutschen Geschichte konzipiert – der sogenannten Wilhelminischen Zeit –, an der der Roman mit Hilfe der Ironie Kritik übt. In Diederich Heßling soll der Leser das Spiegelbild Wilhelms II. sehen, des letzten deutschen Kaisers, der Deutschland »herrlichen Tagen«[4] entgegenführen wollte, der tatsächlich jedoch dieses Reich in den Ersten Weltkrieg und damit in die Vorphase des weiteren Untergangs führte. Damit aber wird der Roman zum engagierten und kritischen Zeit- und Gesellschaftsroman.

Zeitroman

Der Autor Heinrich Mann, der diesen Roman in den Jahren 1904 bis 1914 entwarf und vollendete, nimmt die Themen seiner Zeit auf, um seinen Lesern die »zeitgeschichtliche Wirklichkeit«[5] vor Augen zu halten. Geprägt war diese Epoche einerseits durch den herrschenden Kaiser Wilhelm II., die höchste Autorität im Reich, und andererseits durch jenen Typ

3 Tucholsky (s. Anm. 1), S. 318.

4 *Reden des Kaisers. Ansprachen, Predigten und Trinksprüche Wilhelms* II., hrsg. von Ernst Johann, München 1966, S. 58.

5 Wolfgang Jeske, »Der Zeit- und Gesellschaftsroman«, in: *Formen der Literatur*, hrsg. von Otto Knörrich, Stuttgart 1981, S. 444.

des ›Untertans‹, der dem Roman den Titel gab, der in sich »sklavisches Unterordnungsgefühl und sklavisches Herrschaftsgelüst«[6] vereinigt und so das Bild der Epoche vervollständigt. Dem Zeitroman geht es nicht so sehr um einzelne historische Ereignisse; er will vielmehr »ein nicht nur gesellschaftlich, sondern auch geistig und kulturell, politisch und ökonomisch stimmiges Panorama [seiner] Zeit geben«.[7] In dieses Bild sind sowohl Kritik als auch Appell eingearbeitet.

Als Zeitroman ist das Werk auf den zeitgenössischen Leser ausgerichtet, der die dargestellte Wirklichkeit mit seinem Wissen und seinen Erfahrungen vergleichen kann und der Anspielungen auf Ereignisse, die er miterlebt hat, und auf Personen, die er direkt oder indirekt kennengelernt hat, versteht. Für die nächstfolgenden Lesergenerationen wird der Zeitroman jedoch zum historischen Roman oder sogar zum historischen Dokument. Daraus ergibt sich einerseits das Problem, dass einst aktuelle Bezüge nicht mehr erfasst werden, und andererseits die vielleicht größere Gefahr, dass die im Roman vorgestellte Wirklichkeit als tatsächliche Wirklichkeit angesehen wird. Ein objektives Bild – eine in sich widersprüchliche Formulierung – kann und will der Roman aber nicht geben.

■ Historischer Roman

Im Gegenteil: Wie jede sozialkritisch engagierte Dichtung bezieht der Roman Heinrich Manns Stel-

6 Tucholsky (s. Anm. 1), S. 319.

7 Gero von Wilpert, *Sachwörterbuch der Literatur*, Stuttgart [7]1989, S. 1044.

lung, kritisiert, urteilt, legt Maßstäbe für individuelles und politisches Handeln an, die nicht selbstverständlich sind, für deren Akzeptanz geworben und gestritten werden muss. Er greift an, verspottet, macht lächerlich, d. h., er bedient sich satirischer Mittel, um das Fehlverhalten von Personen und Institutionen bloßzustellen und um Einzelpersonen, Gruppen und Gesellschaftsschichten zu attackieren.

Als der Vorabdruck des Romans in der Wochenzeitschrift *Zeit im Bild* am 1. Januar 1914 begann, war der *Untertan* als ein »satyrische[r] Zeitroman[]« angekündigt worden, in dem »[s]charfe Kritik und beißende Satyre […] vor nichts zurück[schrecken].«[8] Gerade deshalb war der Abdruck zu Beginn des Krieges unterbrochen worden.

»Satyre«!

Für den heutigen Leser bilden die satirischen Elemente des Romans einen besonderen Reiz. Auch wenn er den Anlass für die satirische Attacke nicht unbedingt kennt, genießt er den »Gebrauch von Spott, Sarkasmus, Ironie usw., um Laster und Torheiten bloßzustellen, anzugreifen oder der Verachtung preiszugeben«.[9]

Dieser Spott trifft zunächst den autoritär regierenden Kaiser und den sich lächerlich gebärdenden Untertan Diederich Heßling. Im Nachhinein kann man

8 Ankündigung des Vorabdrucks von Heinrich Manns *Der Untertan* in der Zeitschrift *Zeit im Bild*, 25. Dezember 1913, zit. nach: Frederick Betz, *Erläuterungen und Dokumente, Heinrich Mann, »Der Untertan«*, Stuttgart 1993, S. 85.
9 Matthew Hodgart, *Die Satire*, München 1969, S. 16.

den Roman aber auch als eine vorweggenommene Kritik am autoritären nationalsozialistischen Führerstaat und an der Gesellschaft, die ihn ermöglichte, deuten und verstehen.

Die kritische Lektüre des Romans mag Anlass sein, über Bedingungen und Möglichkeiten des Zusammenlebens von Menschen im Staat nachzudenken – auch über die Rolle, die dem Einzelnen im Zusammenspiel mit seinen Mitmenschen aufgegeben ist.

2. Inhaltsangabe

	1. Kapitel (S. 7–69)	2. Kapitel (S. 70–110)	3. Kapitel (S. 111–175)
Schauplatz	Netzig und Berlin	Berlin	Netzig
Ereignisse	Diederichs Kindheit und erste Studienjahre, erste Begegnung mit dem Kaiser	Diederichs Affäre mit Agnes Göppel, Promotion, äußerliche Angleichung an Anhänger des Kaisers, Abschluss seiner Sozialisierung als ›Untertan‹	Diederichs Streben nach der Macht in Netzig, Erschießung des Arbeiters

Abb. 1: Übersicht über die Struktur des Romans

Der Roman *Der Untertan* behandelt schwerpunktmäßig den Zeitraum von 1890 bis 1897 und spielt in der fiktiven preußischen Kleinstadt Netzig, in der Hauptstadt Berlin, in Zürich und in Rom.

Heßlings Kindheit

1. Diederich Heßling, »ein weiches Kind, das am liebsten träumte, sich vor allem fürchtete und viel an den Ohren litt« (S. 7), verlebt seine Kindheit in der Kleinstadt Netzig. Der Vater ist Fabrikbesitzer. Er hat in dem wirtschaftlichen Aufwind, den das Land nach den Kriegen gegen Österreich und Frankreich erfahren hatte, eine »Papiermaschine« und eine »Schneide-

4. Kapitel (S. 176–270)	**5. Kapitel** (S. 271–398)	**6. Kapitel** (S. 399–526)
Netzig	Netzig	Zürich, Rom, Netzig
Diederichs Durchbruch zur Macht, der Prozess gegen Lauer wegen angeblicher Majestätsbeleidigung	Konsolidierung der Macht: Heirat, politische Machenschaften	Hochzeitsreise, zweite Begegnung mit dem Kaiser, Wahlkampf, Firmenerweiterung, Intrigen, Kungelei, Denkmalenthüllung

maschine« gekauft – einen sogenannten »Holländer« (S. 8) –, kann jetzt also alte »Lumpen« (S. 8) zerkleinern und daraus Bogen Papier herstellen.

Den Vater achtet und fürchtet der Sohn, während er für die ängstliche Mutter keine Achtung übrighat. In der Schule begegnet ihm »die kalte Macht« (S. 11), an der er leidet, die er aber auch verehrt und die er mit allen Mitteln für sich erstrebt.

Studium und Verbindung

Mit der Abiturreife verlässt Diederich die Schule und wechselt zur Universität Berlin. Dort fühlt er sich zunächst verloren, findet vorübergehend Kontakt zu der Familie des Zellulosefabrikanten Göppel, der ebenfalls aus Netzig stammt, lebt aber erst auf, als er in einer schlagenden Verbindung, der Neuteutonia, zunächst Gast, dann Mitglied wird.

Von der Mutter wird er nach Hause gerufen, als der Vater im Sterben liegt. Aus dem Testament geht hervor, dass Diederich »neben dem alten Buchhalter Sötbier zum Vormund seiner beiden Schwestern bestimmt« (S. 49) ist. Von Sötbier wird er über die Geschäftslage des Unternehmens informiert, ehe er nach Berlin zurückgeht, um das Studium mit einer Promotion im Fach Chemie abzuschließen.

Durch Beziehungen gelingt es ihm, die Militärpflichtzeit abzukürzen. In den »naßkalten Februartagen des Jahres 1892« (S. 62) gerät Diederich in Arbeiterdemonstrationen, steht plötzlich völlig überrascht in der Prachtstraße »Unter den Linden« vor dem Kaiser, der ihn »vom Pferd herunter [an]blitzte«, so dass er, Diederich, sich »mit Wucht in einen Tümpel« (S. 69) setzt: »Da lachte der Kaiser. Der Mensch war ein […] Untertan« (S. 69), wie er ihn gerne sah.

■ Erste Begegnung mit dem Kaiser

2. Noch überwältigt von der Begegnung mit dem Kaiser, erkennt er auf einer Parkbank Agnes Göppel, die von der Menge mitgerissen wurde, sich nun gern von Diederich begleiten lässt und ihn dazu einlädt, die Sonntagsbesuche bei ihrer Familie wieder aufzunehmen. Eine Liebesbeziehung entwickelt sich – von der Familie Göppel zunächst nicht erkannt, von Diederich zunehmend als gefährlich angesehen und von seiner Seite am Ende brutal abgebrochen.

■ Eine Liebesbeziehung

In den Tagen der Examensvorbereitung erhält Diederich Besuch von Wolfgang Buck, der ebenfalls aus Netzig stammt, in Berlin Jura studiert, sich aber mehr für das Theater und die Schauspielerei interessiert.

Studienabschluss in Berlin

Nach bestandener »Doktorprüfung«, einem letzten »Frühschoppen, der bis gegen Abend dauerte« (S. 103), und nach einer kaltblütigen Zurückweisung von Vater Göppel, der an Diederichs Pflichten gegenüber seiner Tochter Agnes erinnert, lässt er sich von »Hoffriseur Haby« (S. 109) der Mode der Zeit entsprechend zurechtstutzen. Zumindest im Äußeren versteht sich Heßling so dem Kaiser anzugleichen. Über den nach Netzig zurückkehrenden Diederich Heßling heißt es: »Die Korporation, der Waffendienst und die Luft des Imperialismus hatten ihn erzogen und tauglich gemacht« (S. 109).

3. Im Zug begegnet Diederich Guste Daimchen, die sich als Verlobte Wolfgang Bucks vorstellt und von der man in Netzig weiß, dass sie reich geerbt hat.

Familienoberhaupt und Firmenchef

Zu Hause spielt Diederich sofort die Rolle »als wirkliches Haupt der Familie« (S. 114); in der Fabrik versammelt er die gesamte Belegschaft, erklärt den neuen »Kurs«: »Einer ist hier der Herr, und das bin ich« (S. 115), und trifft erste Anordnungen, vor deren Konsequenzen der erfahrene Buchhalter Sötbier vergeblich warnt.

Später macht Diederich seine Antrittsbesuche bei dem hoch angesehenen alten Herrn Buck, Mitglied im Magistrat und Vater von Wolfgang Buck, bei dem

Bürgermeister Scheffelweis, der gerade mit Herrn »Assessor Jadassohn von der Staatsanwaltschaft« (S. 133) konferiert, und bei Pastor Zillich.

Als Jadassohn, der Pastor und Diederich in einer Gastwirtschaft nahe dem Regierungsgebäude des Bezirkskommandos einen »Dämmerschoppen« (S. 150) nehmen, fällt ein Schuss: Der wachhabende Soldat hat einen Arbeiter, von dem er sich – so nimmt man an – provoziert fühlte und der am Morgen aus Heßlings Fabrik entlassen worden war, erschossen. Der hinzugekommene Arzt Doktor Heuteufel, der nur den Tod des Arbeiters feststellen kann, missbilligt das vorschnelle Handeln des Soldaten, während Heßling darin »etwas direkt Großartiges, sozusagen Majestätisches« (S. 158) sieht. Die Meinungen stoßen hart aufeinander. In der Auseinandersetzung provoziert Heßling den Fabrikbesitzer Lauer zu der Äußerung, dass auch das Fürstenhaus der Hohenzollern »verjudet« (S. 160) sei. Diese Behauptung scheint den Tatbestand der Majestätsbeleidigung zu erfüllen. Jadassohn wird Anklage erheben, Heßling soll als Zeuge auftreten. Stark alkoholisiert, beschließen die Kaisertreuen, dem Kaiser eine Ergebenheitsdepesche zu senden, und Diederich entwirft zusätzlich ein Telegramm, mit dem der Kaiser angeblich höchstpersönlich den Todesschützen belobigt. Beide Texte spielen sie dem Redakteur Nothgroschen zu, der dafür sorgt, dass sie in der »Netziger Zeitung« erscheinen.

■ Der Tod eines Arbeiters

■ Depesche an den Kaiser

4. Vorübergehend gerät Heßling dadurch in Schwierigkeiten, dass er eine in Auftrag gegebene Maschine nicht bezahlen kann. Auch die Stimmung in der Stadt und in der eigenen Familie ist ihm nicht günstig. Mit Sorge sieht er dem Prozess wegen der provozierten »Skandalaffäre« (S. 194) entgegen, in dem Wolfgang Buck die Rolle der Verteidigung von Fabrikant Lauer übernehmen wird.

Die Wendung zum Besseren tritt ein, als das in die Zeitung lancierte Telegramm von Berlin aus bestätigt wird, der Vertreter der Maschinenfabrik, Herr Kienast, die schon gelieferte Maschine zu günstigen Bedingungen zurücknimmt und gleichzeitig Magda Heßling, der Schwester Diederichs, einen Heiratsantrag macht.

Der Prozess gegen Lauer

Im Prozess stoßen dann Heßling und der redegewandte Wolfgang Buck aufeinander. Für kurze Zeit scheint die Sache unentschieden zu stehen; dann wird das Urteil über Lauer gesprochen: »[S]echs Monate Gefängnis« und Verlust »der vom Angeklagten bekleideten öffentlichen Ämter« (S. 265). Damit ist der Fabrikant, ein Konkurrent Heßlings, erledigt. Die Zeitung berichtet: »Aus einem unter den größten persönlichen Opfern geführten Kampf sei Diederich als lauterer, echt deutscher Charakter hervorgegangen« (S. 269).

5. Das gestiegene Ansehen der Familie Heßling kommt auch darin zum Ausdruck, dass Diederichs Schwestern Magda und Emmi eingeladen werden, Rollen in dem von der Frau des Regierungspräsidenten von Wulckow verfassten Stück »Die heimliche

Gräfin« zu übernehmen, das beim »nächsten Fest der ›Harmonie‹« (S. 271) aufgeführt werden soll. Der Regierungspräsident von Wulckow sieht in Diederich den kaisertreuen Mann, den er bei Gelegenheit gebrauchen kann.

Von Diederich angezettelt, verbreitet sich in Netzig das Gerücht, dass Guste eine voreheliche Tochter des alten Buck und ihr Verlobter Wolfgang Buck somit zugleich ihr Halbbruder sei, und man wittert einen weiteren Skandal. Doch Wolfgang Buck wollte ohnehin zurück zu seinen Schauspielern in Berlin und die Verlobung lösen. Er überlässt Guste und deren Erbschaft Diederich, der sich seinerseits bereit zeigt, Guste zu ehelichen.

■ Eheschließung mit Guste Daimchen

Neue Herausforderungen stehen insofern bevor, als in Berlin der Reichstag aufgelöst wird und Neuwahlen anstehen. In Netzig muss der Magistrat neu besetzt werden. Durch geheime Absprachen und Intrigen unterschiedlicher Art versuchen die Parteien und die Kandidaten die Wahlen in ihrem Sinne zu beeinflussen.

6. Inzwischen haben Diederich Heßling und Guste Daimchen geheiratet und befinden sich auf Hochzeitsreise. Im Hotel in Zürich erfährt das Hochzeitspaar, dass Kaiser Wilhelm zu einem Staatsbesuch nach Rom aufgebrochen ist. Sofort beschließt Diederich, dem Kaiser nachzureisen. Wie einst bei der Begegnung in Berlin macht sich Diederich auch bei diesem »Wettrennen« (S. 400) lächerlich.

■ Die zweite Begegnung mit dem Kaiser

Als der Kaiser wegen der politischen Lage in Berlin den Aufenthalt in Rom abbricht und den Reichstag auflöst (S. 409), reist auch das Hochzeitspaar zurück nach Netzig, um rechtzeitig in den Wahlkampf eingreifen zu können.

Im »Kampf gegen die Demokratie« und den »Umsturz« (S. 412) setzt sich Diederich dafür ein, dass das erwartete Erbe des Landgerichtsrats Kühlemann für die Errichtung eines Kaiser-Wilhelm-Denkmals verwendet wird und nicht zum Bau eines Säuglingsheims, für das vor allem Doktor Heuteufel eintritt, und auch nicht für ein Gewerkschaftshaus, das die Sozialdemokraten fordern.

■ Das Kaiser-Wilhelm-Denkmal

Durch ein Zweckbündnis zwischen Diederich Heßling und dem Sozialdemokraten Napoleon Fischer, das allein vom Machtstreben der beiden geprägt ist und nicht von ihren angeblichen gesellschaftspolitischen Überzeugungen, erreicht Fischer, dass er in den Reichstag gewählt wird; Diederich Heßling setzt sein Kaiser-Wilhelm-Denkmal durch und wird zum Festredner bei der Einweihung des Denkmals bestimmt; von Wulckow bereichert sich durch Grundstücksspekulationen. Heßling übernimmt die Konkurrenzfirma in Gausenfeld und gilt nun als der einflussreichste und reichste Mann von Netzig. Als er bei der Einweihung des Denkmals seine Festrede dazu benutzt, Kaiser, Vaterland und sich selbst zu preisen, setzt ein heftiges Gewitter ein, bei dem das Publikum wegläuft, so dass Diederich am Ende allein im Regen steht. Als Diederich schließlich enttäuscht, aber mit

■ Geplatzte Feier

einem kaiserlichen Orden geschmückt vom Festplatz nach Hause geht, kommt er an dem Haus des alten Buck vorbei, der einst als höchste Autorität in Netzig galt und nun im Sterben liegt.

3. Figuren

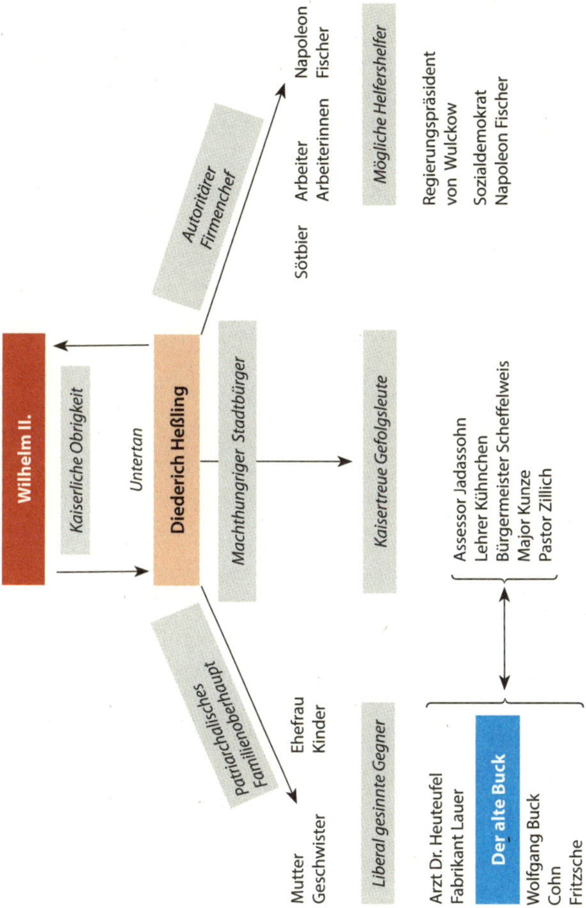

Abb. 2: Figurenkonstellation

Figurenroman

Heinrich Manns Roman *Der Untertan* ist als Figurenroman konzipiert. Bereits der Titel lenkt das Interesse auf eine Figur oder einen Typ: Diederich Heßling. Die zentrale Figur ist dem letzten deutschen Kaiser und preußischen König, nämlich Wilhelm II., untertan. Tatsächlich ist das gesamte Romangeschehen auf diese beiden Figuren ausgerichtet – auf den Kaiser als Obrigkeit und Diederich Heßling als dessen Untertan.

Die Personen und die Personenkreise im Umfeld der zentralen Gestalten haben wenig Eigengewicht. Sie erhalten ihre Bedeutung aus ihrer Zuordnung zu den Hauptfiguren.

Das gesellschaftliche Panorama

Damit aber bietet der Roman ein Panorama der Gesellschaft der Kaiserzeit: Vertreter des Adels (von Wulckow, von Brietzen) werden vorgeführt, ebenso Arbeiter und Arbeiterführer, hauptsächlich aber das Bürgertum. Vertreter der Justiz (Jadassohn), der Kirche (Pastor Zillich), der Politik (Bürgermeister Dr. Scheffelweis), der Presse (Redakteur Nothgroschen), des Militärs (Major Kunze), der Schule (Gymnasialprofessor Kühnchen) kommen zu Wort. Vor allem gewinnt man Einblick in das Denken und Handeln der Unternehmer und ihrer Familien. Dem Abstieg der liberalen Patrizierfamilie Buck steht der Aufstieg der kaisertreuen Familie Heßling gegenüber.

Kaiser Wilhelm II. als Romanfigur

Wilhelm II., der 1859 geboren wurde und 1941 im Exil starb, der als König von Preußen und deutscher Kaiser von 1888 bis 1918 regierte und dessen Regierungszeit in den Geschichtsbüchern als »Wilhelminische Zeit«[10] bezeichnet wird, ist bis in die Gegenwart Gegenstand intensiver historischer Forschungen. In Heinrich Manns Roman ist er eine literarische Figur, die von der historischen Person abgeleitet, mit dieser aber nicht identisch ist.

■ »Wilhelminische Ära«

In zwei Episoden – einmal in Berlin (S. 64–69) und einmal in Rom (S. 402–409) – tritt der Kaiser direkt auf; indirekt ist er allgegenwärtig: Er ist die Leitfigur, an der sich die anderen Figuren des Romans ausrichten, indem sie sein Tun und Lassen kommentieren, aus seinen Reden zitieren, ihn nachahmen oder zu ihm auf Distanz gehen.

Der Kaiser selbst stellt sich als Majestät dar. Das lateinische Wort *maiestas*, abgeleitet von *maius*, der Komparativform von *magnus* ›groß‹, bedeutet Hoheit, Würde, Ansehen und verleiht seit Kaiser Augustus den römischen und später den mittelalterlichen Kaisern eine Sonderstellung. Die Höherstellung galt im Mittelalter als von Gott gegeben. Auch im zweiten deutschen Kaiserreich ist Majestätsbeleidigung noch ein Delikt, das gemäß Strafgesetzbuch je nach Schwere mit Zuchthaus, Gefängnis, Fes-

■ Der Kaiser als »Majestät«

10 Bruno Gebhardt, *Handbuch der deutschen Geschichte*, Bd. 4, *Die Zeit der Weltkriege*, Stuttgart 1963, S. 256.

tungshaft und Verlust der bürgerlichen Rechte bestraft wurde. Zweifellos steht der Kaiser an der Spitze der Gesellschaft.

Die personifizierte Macht

Wichtiger: Der Kaiser ist die personifizierte Macht. Er muss sich nicht legitimieren. Er muss nicht einmal handeln. Er braucht sich nur zu zeigen. Als der Kaiser »zum Besuch des Königs von Italien« (S. 400) anreist, ist sein Untertan Diederich Heßling schon da, um ihm zu huldigen und um die Auftritte des Kaisers zu begleiten und auszugestalten. Er opfert sich auf, um den »Kaiser im Tschako«, den Kaiser in »neue[r] Uniform« (S. 404), schließlich dessen »siebente Uniform« (S. 405) zur Geltung zu bringen. Uniform und Tschako sind die Zeichen der inszenierten kaiserlichen Macht.

Diederich Heßling

Die Begegnungen mit dem Kaiser

Die gesamte Entwicklung des Kindes und des Studenten Diederich Heßling ist eine Entwicklung zum »Untertan«. Als Höhepunkte seines Lebens betrachtet er später seine beiden Begegnungen mit der kaiserlichen Obrigkeit, jene in Berlin, da ihn »der Kaiser vom Pferd herunter [an]blitzte« (S. 69), und jene in Rom, da sie, »der Kaiser und sein Untertan«, »einige Sekunden lang […] unter einem knallblauen Himmel ganz miteinander allein« (S. 402) waren. Dass in beiden Fällen der Kaiser seinen Untertan von oben herab ansieht, ist Teil der hierarchischen, von Diederich Heßling anerkannten und verteidigten Weltordnung, in der nicht die Bildung zur Persönlichkeit, sondern die Preisgabe der Individualität belohnt wird.

Diederich Heßling wächst in der Provinzstadt Netzig in einem Elternhaus auf, in dem der Vater patriarchalisch herrscht und die Mutter sich unterordnet. Als weitere »Gewalten, denen man unterworfen war« (S. 10), sieht Diederich den Schornsteinfeger, die Polizei, den Arzt und schließlich die Schule an. An diesem »menschenverachtenden, maschinellen Organismus, der das Gymnasium war« (S. 11), leidet er; gleichzeitig ist er stolz auf »die kalte Macht« (S. 11), lernt, mit ihr umzugehen, »den Machthabern nachzuahmen« (S. 12) und sie für sich auszunutzen.

Die herrschenden Gewalten

Zum Studium, das ihn auf die Übernahme der elterlichen Firma vorbereiten soll, »schickte« der Vater »Diederich nach Berlin« (S. 16). Der anfänglich von »Heimweh« (S. 16) geplagte Student findet zunächst Familienanschluss im Hause Göppel, wo Agnes Göppel, die Tochter, seine Aufmerksamkeit auf sich zieht; dann aber wird er in die Studentenverbindung gelockt und aufgenommen. Hier fühlt er sich wohl: »Alles ward laut kommandiert, und wenn man es richtig befolgte, lebte man mit sich und der Welt in Frieden« (S. 32). Diederich einverleibt sich die Rituale, den »Komment« (S. 46) und die gesamte Welt- und Lebensanschauung der »Korporation« (S. 31) und richtet sein Leben nach diesen Grundsätzen aus.

Die Korporation

Vor dem Wehrdienst drückt er sich, obwohl er das Militär als staatliche Institution hochschätzt. Agnes Göppel, die er eine Zeit lang zu lieben glaubt, stößt er von sich, weil er »stark sein« (S. 109) will, aber auch, weil sie nicht vermögend ist.

Nach bestandenem Examen übernimmt er die väterliche Firma und unternimmt alles, um seine Machtstellung in Netzig auszubauen. Er heiratet reich, vergrößert seine Firma, knüpft Beziehungen, konkurriert und intrigiert mit politischen Freunden und Feinden und setzt sich durch.

Heßling als »Typus«

In den Augen seiner Kritiker und Feinde ist dieser Diederich Heßling ein neuer »Typus«, nämlich ein »Untertan« (S. 260), der sich dem Kaiser willfährig ergibt und gleichzeitig selbstherrlich Macht ausübt. Ihn kennzeichnet »das Prahlerische des Auftretens, die Kampfstimmung einer vorgeblichen Persönlichkeit, das Wirkenwollen um jeden Preis, wäre er auch von anderen zu bezahlen« (S. 260 f.). Die Macht ist geliehene, angemaßte, gespielte Macht. Sie beruht nicht auf Kompetenz und Ansehen, sondern auf Anmaßung und Intrige. Diederich Heßling ersetzt – wie Kaiser Wilhelm II. – fehlende Autorität durch autoritäres Verhalten.

Guste Heßling, geborene Daimchen

Gustes Erbschaft

Guste Daimchen, die Tochter der verwitweten »Frau Oberinspektor Daimchen« (S. 117), wuchs in Netzig in bescheidenen Verhältnissen auf, pflegte in Magdeburg ihren Onkel, der sie mit einer reichen Erbschaft bedachte, und wird in Netzig vor allem von unverheirateten Altersgenossinnen mit neidischen Blicken verfolgt, da sie nun nicht nur reich, sondern auch mit dem Sohn des angesehenen alten Herrn Buck verlobt ist. Später verbreitet sich das Gerücht, dass sie die uneheliche Tochter des alten Buck und damit eine Halbschwester Wolfgang Bucks ist. Ehe es zum offenen Skandal kommt, wird die Verlobung gelöst.

Begegnung mit Diederich

Als Diederich Heßling nach seiner Berliner Zeit Guste zum ersten Mal im Zug begegnet, erkennt er sie nicht, obwohl sie als Kinder einiges zusammen unternahmen, mustert sie, greift ihr »um die Taille«, wertet sie als »kolossal appetitlich« und macht ihr das Kompliment: »Wie ein frisch gewaschenes Schweinchen« (S. 103). Dafür bezieht er im Gegenzug »eine Ohrfeige«, was ihre Attraktivität zu steigern scheint; denn Diederich sagt zu sich: »So eine könnte man getrost heiraten« (S. 112). »Die oder keine!«, entscheidet er etwas später bei sich, als er ihr in Netzig begegnet, ihm die »handliche Breite« (S. 147) Gustes imponiert und er inzwischen gehört hat, »sie habe eine Million geerbt« (S. 148).

Diederich und Guste kommen sich Schritt für Schritt näher. Als Guste Diederich in dessen Firma besucht, erfährt er, dass die Erbschaft nicht eine Million, aber doch »bare dreihundertfünfzigtausend« (S. 276) betrage; daraufhin »sahen sie einander in die Augen«, »plumpsten […] auf die Säcke, rollten, ineinander verwickelt, […] durch den dunklen Raum« (S. 277). Für Diederich ist Guste indessen »mit all ihrem Geld doch immer nur eine fette Gans« (S. 192), und auch der Erzähler hebt hervor, dass Guste bezeichnenderweise in der »Schweinichenstraße« (S. 222) wohne. Später in Rom berichtet er, dass Guste »nur aus den Kissen grunzte« (S. 403), als Diederich sich aufmachte, um dem Kaiser zu huldigen. Von ähnlich herablassender und beleidigender Art ist das Verhalten Wolfgang Bucks, für den Guste, seine Verlobte, ein »Kochtopf« (S. 229) ist, den er gern warmgehalten hätte, den er aber auch beiseiteschieben kann, wenn ihm danach ist. Als Guste erfährt, dass sie für Wolfgang Buck lediglich ein »Kochtopf mit Wurst und Kohl« (S. 276) ist, fühlt auch sie die Demütigung.

Als Wolfgang Buck sich dann endgültig zurückzieht, weil ihm, wie Guste einsieht, »immer *alles* wurscht war, sogar mein Geld« (S. 378), erklärt Diederich, dass er »im vollen Gefühl der Verantwortlichkeit gegen sich selbst sowohl als gegen seine künftigen Kinder wie gegen Kaiser und Vaterland […] den Schutz des wehrlosen Weibes« (S. 379) übernehme und bereit sei, Guste zu heiraten. Von der Hochzeitsreise hat sie nicht viel. Sie muss zurückstehen, wenn Diederich seinem Kaiser nach Rom und in Rom folgt.

■ Eheschließung

In den Jahren zwischen 1894 und 1896 gebiert sie drei Kinder. Im Anschluss an die komplizierte Geburt von Horst gesteht Diederich seiner Frau, »daß er, vor die Wahl gestellt, sie glatt hätte sterben lassen« (S. 488); denn: »So peinlich es mir gewesen wäre[.] […] Aber die Rasse ist wichtiger, und für meine Söhne bin ich dem Kaiser verantwortlich.« (S. 488)

■ Die Rolle der Mutter

Guste ist also Mittel zum Zweck: Unter Verwendung ihres Geldes wird die Firma vergrößert und das

Ansehen der Familie Heßling in Netzig erhöht. Indem sie drei Kinder zur Welt bringt, ermöglicht sie Diederich zu behaupten, er habe seine Pflicht gegenüber Kaiser und Vaterland erfüllt. Ab und zu lehnt Guste sich auf, beginnt »ihrerseits heftig zu blitzen, und [...] zischte [...]: ›Auf die Knie, elender Schklafe! [...] Ich bin die Herrin, du bist der Untertan‹« (S. 492). Doch dies sind nächtliche »Phantasien«, Augenblicke von »Machtdünkel« (S. 492), vorübergehende verkehrte Welt. Wenn Diederich wieder volle Kontrolle über Guste hat und selbst einmal in der Woche ins Bordell geht, wird das so zusammengefasst: »Autorität und Sitte triumphierten wieder« (S. 492 f.). Tatsächlich ist das Gegenteil der Fall.

Die Rolle der Frau

In Guste Daimchen wird die Rolle karikiert, wie sie im patriarchalisch strukturierten Kaiserreich der Frau zugedacht war. Ein satirisch gewollter Affront dürfte darin zu sehen sein, dass der Name Guste als Kurzform von Auguste gelesen werden kann. Auguste Viktoria hieß die Gemahlin Wilhelms II., des Kaisers.

Der alte Buck

Buck als Persönlichkeit

Der alte Buck ist das Oberhaupt einer weitverzweigten liberalen Patrizierfamilie, setzt sich für die Belange der Stadt ein und ist eine »achtunggebietende Persönlichkeit« (S. 13). In der gescheiterten Revolution von 1848 hat er sich für die Freiheits- und Menschenrechte eingesetzt, wurde genau deshalb »zum Tode verurteilt« (S. 118). Später begnadigt, hielt er an den alten Idealen fest und hoffte, Diederich Heßling für seine Auffassung von Politik gewinnen zu können. Doch dieser geht auf Distanz; er heuchelt, ein »liberaler Mann« (S. 131) zu sein, erklärt dann aber später im Kreis der Kaisertreuen, »daß mit dem alten freisinnigen Schlendrian [...] aufgeräumt werden müsse. ›Jetzt kommt eine neue Zeit!‹« (S. 137)

Der Abstieg der Familie

Der alte Buck erlebt den Abstieg seiner Familie: Sein Bruder ist »pleite« (S. 138), sein Schwiegersohn wird wegen Majestätsbeleidigung zu einer Gefängnisstrafe verurteilt, sein Sohn gibt den ehrwürdigen Beruf als Jurist auf, löst die Verlobung mit einer angesehenen Bewohnerin Netzigs und geht zur Bühne. Er selbst verliert an Ansehen, als sich das Gerücht verbreitet, Guste Daimchen sei seine uneheliche Tochter und lebe folglich in einer inzestuösen Beziehung mit seinem ehelichen Sohn Wolfgang (das Motiv der »natürliche[n] Tochter«, S. 298, kehrt im Theaterstück Frau von Wulckows wieder). Am Ende, von seinen Freunden verlassen, gerät er in Geldschwierigkeiten und muss ausgerechnet Heßling, seinen politischen Gegner, um eine »zweite Hypothek für sein Haus in der Fleischhauergrube« (S. 464) bitten.

Völlig verarmt stirbt er an dem Tag, an dem in Netzig das Denkmal für Kaiser Wilhelm I. eingeweiht wird. Diederich Heßling betritt ungebeten das Haus des alten Herrn Buck, als er ihn im Sterben vermutet, und sieht, wie sich im Innern des Hauses die Familie um den alten Buck versammelt. Dieser scheint Heßling im Augenblick des Sterbens zu erkennen. »Er hat den Teufel gesehen!« (S. 526), deutet ein Angehöriger den letzten Blick auf seinen politischen Gegner.

Wolfgang Buck

Der Sohn des alten Buck, Wolfgang Buck, ist mit Diederich Heßling gleichaltrig. Sie kennen sich von Kindheit an, begegnen sich während des Studiums in Berlin, sind dann Gegner in jenem Prozess, in dem es um die angebliche Majestätsbeleidigung des Fabrikanten Lauer geht, und sind schließlich Konkurrenten um die Gunst Guste Daimchens.

Wolfgang Buck studiert Jura, leistet seinen einjährigen Militärdienst ab, hat aber keine festen Vorstellungen über seinen weiteren Lebensweg. Mal möchte er »General werden und manchmal Arbeiterführer« (S. 87). Er möchte seine »Persönlichkeit ausleben« (S. 88). Die Zeit der großen Männer sei vorbei, und deshalb hat er auch Zweifel, ob der Kaiser »der Rolle, die er sich zumutet« (S. 88), gewachsen sei. Für Wolfgang Buck ist das Leben ein Spiel, in dem jedem seine Rolle zugeteilt wird.

■ Lebenseinstellung

Sehr gerne hat er offensichtlich die Rolle des Verteidigers im Prozess gegen seinen Schwager übernommen. In einer brillanten Gerichtsrede deckt er das Verlogene des Prozesses auf und stellt Diederich Heßling als den »Untertan« (S. 260) dar, der sich vor einer nicht mehr in die Zeit passenden Majestät niederwirft, von ihrer »Macht das Nötige leihen« will, »um die noch Kleineren niederzuhalten« (S. 261). Vor

Gericht hat er mit dieser Rede keinen Erfolg, wohl aber vor den anwesenden Schauspielern.

Der Schauspieler

Wolfgang Buck passt nicht ins bürgerliche Leben. Ihn zieht es zu den Schauspielern nach Berlin. Deshalb ist er dankbar, dass er seine Verlobung mit Guste Daimchen lösen kann, da Diederich Heßling interessiert ist, sie zu heiraten. Der junge Buck steigt aus oder auch ab, während Heßling aufsteigt, indem er sich in das System einpasst.

Napoleon Fischer

Der Arbeiterführer

Napoleon Fischer ist »der schwarzbärtige Maschinenmeister« (S. 120) in der Heßlingschen Firma, der fachlich kompetent und von den Arbeitern anerkannt zu sein scheint. Er ist »Sozialdemokrat« und »ein Organisierter« (S. 123), gehört also der frühen Gewerkschaftsbewegung an.

Für den kaisertreuen, burschenschaftlich organisierten Heßling ist schon der Name Napoleon Fischer »eine Provokation« (S. 124), da er einerseits an den Kaiser des französischen Erbfeindes erinnert, Napoleon III., und andererseits an zwei sozialdemokratische Funktionäre und Reichstagsabgeordnete jener Zeit namens Fischer. Diederich ist voll »Haß« und äußert dem Buchhalter gegenüber, »[d]em Affen […] ein Bein stellen« (S. 124) zu wollen.

Doch bald zeigt sich, dass Heßling seinen Maschinenmeister in der Auseinandersetzung mit der Lieferfirma des »Holländers«, einer neuen Maschine, gut gebrauchen kann. Auch Fischer zeigt sich Heßling, dem politischen Gegner aus dem Lager der Monarchisten und Kapitalisten, gegenüber willfährig, erwartet jedoch Gegenleistungen. Vor den Wahlen ins Stadtparlament möchte sich Heßling der Stimmen der Sozialdemokraten versichern, um eine verlässliche Mehrheit zu bekommen. Dazu braucht er Fischer, und Fischer braucht Heßling: »Denn ich will auch Stadtverordneter werden« (S. 354). So entwickeln die Vertreter unterschiedlicher Klassen und einstige Feinde ein gemeinsames Intrigenspiel, durch das Napoleon Fischer einen Sitz im Reichstag und Diederich Heßling eine Spitzenstellung in Netzig erringt. Heßling kann dem Arbeiterführer nicht widersprechen, wenn dieser anlässlich der gegenseitig zugesicherten Unterstützung bei der Wahl der Stadtverordneten feststellt: »Wir haben schon mehr Dreck zusammen verscharrt« (S. 356). So schweigt Fischer zuvor etwa über den Unfall einer Arbeiterin in Diederichs Fabrik und über die dürftigen Gelder, die dieser der verunglückten Arbeitnehmerin zu zahlen bereit ist, verschweigt, dass es für sie die Möglichkeit gäbe, Schadenersatz einzuklagen. Im Gegenzug verrät ihm Diederich vom Gerücht über das inzestuöse Verhältnis von Wolfgang Buck und Guste Daimchen, das Fischer dazu dienen kann, die Arbeiterschaft gegen den Magistratsrat Buck und die städtischen Behörden im Allgemeinen aufzuwiegeln (S. 292–294). Wenn es um das eigene Interesse geht, vergisst Fischer seine Überzeugungen und auch die Aufgaben, die er als Arbeiterführer hätte.

Intrigen

Sötbier

Ein zuverlässiger Angestellter

Buchhalter Sötbier hat mit dem Fabrikbesitzer Heßling, dem Vater Diederich Heßlings, »das Geschäft heraufgearbeitet« (S. 49). Er weiß über die Geschäftslage des Betriebs genau Bescheid. Er ist sachkundig und ehrlich und genießt offenkundig das Ansehen des Erzählers. Er bleibt von Kritik und ironischen Bemerkungen verschont. Es ist nur konsequent, dass der alte Heßling ihn zum Vormund von Magda und Emmi Heßling einsetzte, bevor er starb.

Sötbier verkörpert die Tugenden eines ehrlichen Geschäftsmannes. Er rät, Investitionen genau zu bedenken, mahnt, eingegangene Verträge einzuhalten, und er ist bemüht, für ein Arbeitsklima zu sorgen, das zum Erfolg führt.

Als Diederich die Leitung der Firma übernimmt, redet Sötbier ihn mit »junger Herr« (S. 119) an, glaubt, damit seine Loyalität auszudrücken, und erinnert: »Mit Ihrem Vater [...] war ich immer einig. Wir haben zusammen das Geschäft in die Höhe gebracht« (S. 120). Doch Diederich weist diese Vertraulichkeit zurück und Sötbier in die Grenzen: »Ich bin für Sie der Herr Doktor!« (S. 119)

Obwohl sich Sötbiers Ansichten und Empfehlungen im Allgemeinen als vernünftig erweisen, steht für Diederich früh fest: »Eine Weile lasse ich den Alten noch verschnaufen, dann wird er ausgeschifft« (S. 177). Er gibt sich als der souveräne und kompetente Herr der Firma, der keiner Ratschläge bedarf.

Sötbier beschränkt sich auf den ihm zugewiesenen Aufgabenbereich bis zu dem Augenblick, da er erfährt, dass Diederich das Firmengrundstück verkauft. »[D]afür kann ich nicht mehr die Verantwortung tragen« (S. 394), erklärt er. Er wirft dem Firmenherr vor, einen »Zickzackkurs« zu steuern, »die solide Grundlage der Firma« zu untergraben und »Großmannspolitik« (S. 394) zu betreiben. Doch dieser macht Gebrauch von seiner Herrschaftsposition: »Schreiben Sie nur gleich Ihr Entlassungsgesuch, es ist schon bewilligt.« (S. 395).

■ Die Zurückweisung

Als Sötbier später im Wahlkampf Kritisches »über die Arbeiterfreundlichkeit gewisser Herren« (S. 449) sagt, wird er von Diederich als »Nörgler« (S. 450) beschimpft.

Mit Sötbier wird dem Leser ein kompetenter und loyaler Firmenmitarbeiter vorgestellt, den der ehrgeizige, auf Alleinherrschaft ausgerichtete, arrogante Firmenchef aus dem Amt treibt. In diesem Vorgang spiegelt sich das Verhältnis zwischen dem jungen Kaiser Wilhelm und Bismarck, dem ehrlichen Makler, dem Reichskanzler unter Wilhelm I. und Friedrich III., der 1890 von Wilhelm II. zum Rücktritt bewegt wurde.

■ Die Spiegelung

4. Form und literarische Technik

Gattung: *Der Untertan* als Zeitroman und historischer Roman

Der Untertan: ein Werk der Großepik

Unter der aus dem Altgriechischen stammenden Sammelbezeichnung »Epik« fassen Literaturwissenschaftler literarische Werke zusammen, in denen im Unterschied zur Lyrik und zum Drama ein Erzähler schildert, was ihm in dieser Welt an Erzählenswertem aufgefallen ist. Das mag kurz und knapp wie in der Fabel oder in der Parabel geschehen oder ausführlicher wie in einer Novelle oder in einem Roman: Immer rechnet der Erzähler mit einem aufmerksamen Zuhörer oder Leser, dem er etwas zu sagen hat.

Groß angelegte Erzählungen kennt man aus der griechischen und lateinischen Literatur, wo in umfangreichen Epen und in Versform vom Trojanischen Krieg oder von der Geschichte Roms berichtet wird.

Längst ist die Erwartung einer Gestaltung in Versen aufgegeben worden: Der moderne europäische Roman, und so auch der *Untertan*, ist in Prosa verfasst und spricht Leser in ihrer Alltagssprache an.

Der Untertan ist ein deutschsprachiger Roman und gehört mit einem Umfang von mehr als 500 Seiten zur Gattung der Großepik. Er handelt vom Denken und Tun von Menschen in einem Ausschnitt dieser Welt, in den sich Leser und Leserinnen gedanklich hineinversetzen lassen sollen. Er will ein Beispiel für die »Erfahrbarkeit der Welt«[11] geben, wie es Aufgabe großer Literatur ist.

»Erfahrbarkeit der Welt«

Der Roman ist in sechs Kapitel eingeteilt und hat in der diesem Lektüreschlüssel zugrundeliegenden Ausgabe einen Umfang von 526 Seiten. Das entspricht einer Erzählzeit von ungefähr 20 Stunden. In dieser Zeit wird eine Geschichte abgehandelt, die schwerpunktmäßig im letzten Jahrzehnt des 19. Jahrhunderts spielt und einen Zeitraum von etwa acht Jahren umfasst.

Erzählzeit …

… und erzählte Zeit

Eine erste Orientierung gewinnt der Leser, wenn er erfährt, dass der Vater der Hauptfigur, der alte Heßling, »alle Kriege mitgemacht und nach dem letzten, als jeder Geld fand, eine Papiermaschine kaufen« (S. 8) konnte. Gemeint sind die preußischen Kriege von 1864, 1866 und 1870, die 1871 schließlich zur Gründung des deutschen Kaiserreiches führten – mit den Kaisern Wilhelm I., Friedrich III. und Wilhelm II. und dem preußischen, später deutschen Ministerpräsidenten Otto von Bismarck.

Der historische Rahmen

In dieser Zeit ist Diederich Heßling, die Titelfigur des Romans, geboren. Er erlebt als Student in Berlin in den »naßkalten Februartagen des Jahres 1892« (S. 62) die Demonstrationen der Arbeitslosen, die durch das Auftreten des Kaisers aufgelöst werden. Man erfährt später, dass Heßling »vor drei Jahren« (S. 71) das Studium begonnen hat, und kann nun die

11 Siehe Dieter Wellershoff, *Der Roman und die Erfahrbarkeit der Welt*, Köln 1988.

persönlichen Lebensdaten der literarischen Figuren mit den historischen Jahreszahlen in Beziehung setzen. Die erzählte Handlung nimmt Bezug auf eine ziemlich genau zu bestimmende Epoche der deutschen Geschichte. Aus Andeutungen – Herr Göppel bekennt sich als »freisinniger Gegner Bismarcks« (S. 17) – lässt sich schließen, dass am Anfang des Erzähltextes, als Diederich Heßling sein Studium in Berlin beginnt, der preußische Kanzler Otto von Bismarck noch im Amt ist. Bismarck wurde am 2. März 1890 von Wilhelm II. entlassen. Daraus ergibt sich, dass das Jahr 1890 – abgesehen vom Exkurs in Diederich Heßlings Kindheit zu Beginn des Romans – als Beginn der im Roman erzählten Zeit angesehen werden kann.

Am Ende des Romans greift der Himmel ein, als Diederich Heßling eine große Lobrede auf Wilhelm I. und seinen Enkel Wilhelm II. hält. Anlass ist ein Jubiläum; denn »Wilhelm der Große«, wie der Verstorbene durchgehend tituliert wird, wäre am »22. März [1897] […] hundert Jahre alt geworden« (S. 500). Die Feier im Mai 1897 bildet den Schlusspunkt des Romans. Sie gerät allerdings zu einem Fiasko. Während Diederich redete, »krachte es im Himmel so ungeheuerlich, daß Diederich sich duckte« (S. 470) – ein symbolisches Ende.

Die erzählte Handlung spielt also, vom Romanbeginn abgesehen, im Rahmen des durch die Jahre 1890 und 1897 begrenzten Zeitraums.

Zahlreiche Ereignisse, die in dieser historischen

Phase die Menschen bewegt haben, fanden Eingang in den Roman. Personen, die den Lauf der Historie bestimmten, kommen zu Wort oder werden erwähnt. Damit dürfte der Roman für die angesprochenen Erstleser zur Gattung des Zeitromans gehört haben, denn er nahm Bezug auf aktuelle politische Zusammenhänge. Diese Funktion ging verloren, je größer der Abstand zum konkreten Geschehen wurde. Damit wurde der Roman zum historischen Roman, dessen Einzelheiten ohne erklärenden Kommentar schwer zugänglich sind.

Vom Zeitroman zum historischen Roman

Schauplätze

Hauptschauplätze sind Berlin, die Hauptstadt des Reiches, und Netzig, die fiktive preußische Provinzstadt. Ein Nebenschauplatz ist Rom, wo Diederich Heßling »den feigen Welschen« zeigt, »was Kaisertreue heißt« (S. 400). Berlin und Netzig sind durch die Figuren des Kaisers und seines Untertans verknüpft: Der Untertan Heßling erstrebt in Netzig die Stellung, die der Kaiser in Berlin eingenommen hat und verteidigt. In Netzig verhält sich Heßling als Besitzer einer Papierfabrik, aber auch als Ehemann und Familienoberhaupt genauso autoritär wie sein Vorbild, nämlich der Kaiser, in Berlin.

Der Erzähler

Auktoriale Erzählsituation

Der Untertan wird erzählt von einem auktorialen Erzähler: Zwar konzentriert er sich überwiegend auf die Perspektive Diederich Heßlings, doch machen Passagen, in denen er stattdessen eine das Geschehen überblickende Perspektive einnimmt (etwa wenn er den Gerichtssaal beschreibt, in dem sich eine Vielzahl von Figuren auf den Prozess Lauer vorbereiten, S. 233 f.) sowie seine ironische Distanz zu Diederich und zum Romangeschehen (siehe S. 44–46 dieses Lektüreschlüssels) deutlich, dass es sich nicht um eine personale Erzählsituation handelt. Der Erzähler hat einen Überblick über die Lebensgeschichte Diederichs, schildert etwa dessen Kindheit, informiert über seine Eltern und Lehrer und gibt Einblick in die sozialen und politischen Verhältnisse in Netzig. Er hat überdies Einblick in die Gedanken Diederichs, die er auf verschiedene Weise wiedergibt: In Form des Gedankenberichts (»Diederich dachte daran, wie dieser verkümmerte schwarze Fingernagel auf seine Wange zugeflogen war, wenn der Vater ihn ohrfeigte«, S. 48), der erlebten (oder: freien indirekten) Rede (»Aber ach, Guste Daimchen wich ihm aus!«, S. 237) und der direkten Rede (»›Hochmut kommt vor dem Fall‹, dachte Diederich.«, S. 281).

Die Hauptfigur und ihr Vorbild: Repräsentanten des Obrigkeitsstaats

Hauptfigur und Titelheld ist Diederich Heßling, im fiktiven Netzig geboren, im Berlin der Kaiserzeit geformt und dann als Firmenbesitzer mit kapitalistischer Ausprägung und autoritärem Gehabe in die Heimatstadt zurückgekehrt. Dieser Diederich Heßling versucht, sich dem jungen Kaiser Wilhelm II. anzugleichen. So ist indirekt auch dieser Kaiser allgegenwärtig, gewissermaßen eine ›verborgene‹ Hauptfigur.

■ Heßling und Wilhelm II.

An zwei Stellen des Romans stehen sie sich direkt und persönlich gegenüber. Erzählerisch sind die beiden Figuren durch Leitwörter verbunden, die Signalcharakter haben. In Berlin, auf der Prachtstraße »Unter den Linden«, wird Heßling von dem zu Pferde daherkommenden Kaiser beeindruckt: »Tiefer Ernst versteinte seine Züge, seine Augen blitzten hin über die Tausende der von ihm Gebannten« (61). Diederich sieht ihn an und versucht, »zu blitzen wie der Kaiser« (S. 66). Für Diederich steht fest: »Auf dem Pferd dort, unter dem Tor der siegreichen Einmärsche und mit den Zügen steinern und blitzend, ritt die Macht« (S. 68). Diese Macht zu halten und zu gewinnen, ist Ziel des Kaisers und auch Heßlings. Später treffen beide in Rom aufeinander – in jener Weltstadt, in der die Idee des Kaisertums in antiker Zeit ihren Anfang hatte.

■ Begegnung mit der »Macht«

Das Romangeschehen ist weitgehend geprägt vom Denken und Handeln der beiden ›Hauptfiguren‹, von dem selbstverständlichen Anspruch kaiserlicher Macht bei dem jungen Herrscher Wilhelm II. und bei den Handlungsweisen seines fiktiven Untertans Diederich Heßling. Die übrigen Romangestalten werden der Titelfigur, dem herrschsüchtigen »Untertan«, zugeordnet, bilden aber, mit Heßling und dem Kaiser, insgesamt ein Panorama des Zeitalters (und lassen einen Blick in die Vorgeschichte der Haupthandlung tun; siehe dazu Kapitel 5 »Quellen und Kontexte«, S. 53–58). Ziel Heinrich Manns war nicht, einzelne Figuren oder Personen literarisch zu gestalten; er wollte vielmehr die besondere Ausprägung des Obrigkeitsstaats des Wilhelminischen Zeitalters zeigen, den Diederich Heßling und Kaiser Wilhelm II. repräsentieren.

■ Repräsentanten des Obrigkeitsstaats

Der Untertan – ein ironisch-satirischer Roman

Heinrich Manns Roman *Der Untertan* gilt als satirischer Roman. Gemeint ist damit eine besondere Denk- und Geistesform und eine Schreibhaltung des Erzählers oder des Autors.

Die satirische Geisteshaltung ist nicht an eine bestimmte Form gebunden, sondern konkretisiert sich in verschiedenen Formen. Bestimmend ist die negative und aggressive Haltung des Verfassers oder Textes: Hier ist jemand, der Anstoß nimmt an dem, was er sieht, hört oder erlebt. Er zeigt Missstände und Fehler auf und prangert an. Er zielt auf Veränderung und Abschaffung des Schlechten und Bösen. Seine Mittel sind Spott und Hohn. Er möchte seine Hörer oder Le-

■ Satire als Aufzeigen von Missständen

ser einladen – zum Mitlachen über die Missstände, die er sieht und die er beseitigt wissen möchte.

Der satirische Angriff richtet sich in gleicher Weise auf Personen wie auch auf Institutionen, auf Gesetze und Verordnungen, kurz: auf alles, was dem Betroffenen Ärger einbringt. Das satirische Element kann in einem einzigen Wort stehen, in einem Satz oder in einer ganzen Abhandlung. Nicht immer erkennt man das satirische Element auf den ersten Blick. Wenn – beispielsweise – Diederich Kaiser »Wilhelm de[n] Große[n]« (S. 170) in den höchsten Tönen lobt, so kann der Leser dies entweder als bloße Forderung einer Figur verstehen – er kann darin aber auch den ironischen Unterton Heinrich Manns entdecken, der dadurch, dass er Diederich eine übertriebene Huldigung sprechen lässt, gerade das Gegenteilige zum Ausdruck bringen will – nämlich dass dem Kaiser kein Lob gebührt.

Nicht nur in der Figurenrede scheinen solche ironischen Elemente auf, auch der Erzähler des *Untertan* bedient sich bisweilen der Ironie, insbesondere um die Hauptfigur Diederich Heßling als perfide zu charakterisieren, ohne je offenkundige Kritik an ihr zu üben. Ein Beispiel dafür: Wenn er das Kind Diederich, das seinen jüdischen Mitschüler malträtiert, etwa als »siegestrunkenen Unterdrücker« (S. 14) beschreibt, kann der Leser darin leicht eine ironische Übertreibung entdecken: Das Überlegenheitsgefühl und den Stolz, den das Kind Diederich angesichts seiner hässlichen Tat verspürt, macht der Erzähler lä-

■ Ironisch-satirischer Erzähler

cherlich, indem er seine Heldenhaftigkeit hervorhebt, die sein (offensichtlich für ihn nicht sonderlich gefährliches) Handeln angeblich erfordert.

Die Übertreibung als Ironiesignal

Die Übertreibung kann ein Signal sein, das Ironie (als *ein* Mittel der Satire) zum Ausdruck bringt. Freilich sind solche Ironiesignale nicht immer offenkundig. Immer wieder stellen sich darum beim Lesen die Fragen: Findet hier uneigentliches, ironisches Sprechen statt? Wer oder was wird hier angegriffen? Mit welchen Mitteln wird hier attackiert? Und: Was ist das Ziel? Jenseits der aggressiven Attacke kann die Vorstellung einer besseren, verwandelten Welt aufleuchten, die der Satiriker für erstrebenswert hält.

5. Quellen und Kontexte

Entstehungsgeschichte

Eine erste Erwähnung des Projekts ist bereits in einem Brief des Autors Heinrich Mann an Ludwig Ewers vom 10. April 1904 zu finden, wo von einem »Roman um den Kaiser«[12] die Rede ist. Viele Jahre später, als der Roman dann europaweit gedruckt vorlag, schrieb er in seinen Memoiren *Ein Zeitalter wird besichtigt* (Erstausgabe 1946):

Der Plan: »Roman um den Kaiser«

> »Den Roman des bürgerlichen Deutschen unter der Regierung Wilhelms des Zweiten dokumentierte ich seit 1906. Beendet habe ich die Handschrift 1914, zwei Monate vor Ausbruch des Krieges – der in dem Buch nahe und unausweichlich erscheint.«[13]

In dieser Zeit zwischen 1904 und 1914 entstanden Stoffsammlungen, Notizen, Entwürfe und Manuskriptfassungen. Heinrich Mann sammelte »lebendige Eindrücke«. Unter anderem machte er sich in einem Café »Unter den Linden« in Berlin Notizen von dem Eindruck des vorbeireitenden Kaisers Wilhelm II.: »Er hatte die Haltung eines bequemen Triumphators. Wenn er gegrüßt wurde, lächelte er – we-

Stoffsammlung und erste Entwürfe

12 Zit. nach Betz (s. Anm. 8), S. 77.
13 Heinrich Mann, *Ein Zeitalter wird besichtigt. Erinnerungen*, Frankfurt a. M. ⁴2007, S. 206.

niger streng als mit leichtsinniger Nichtachtung.«[14] Sechs Jahre brauchte der Autor, dann war er, wie er schreibt, »reif für den ›Untertan‹, meinen Roman des Bürgertums im Zeitalter Wilhelms des Zweiten«.[15] Das Manuskript entstand dann in der Zeit zwischen 1912 und 1914.

Mehrere Notizbücher, in denen der Autor Eindrücke und Vorentwürfe festhielt, sind erhalten und sind Zeugnis für die Sorgfalt, mit der das Werk vorbereitet wurde. Aus einem Brief, den Heinrich Mann an den schon erwähnten Ludwig Ewers richtete, geht hervor, dass er eigens in München eine große Papierfabrik besichtigte – »alles für meinen neuen Roman«. Nicht nur der Schauplatz der Fabrik, sondern die Lebensdetails Diederich Heßlings im Allgemeinen sind damit, so meint Heinrich Mann selbst, »ziemlich gut fundiert«.[16]

Unvollständiger Abdruck als Fortsetzungsroman

Teile des *Untertan* wurden bereits 1911/12 in der satirischen Zeitschrift *Simplicissimus* abgedruckt. Im Januar 1914 begann der Abdruck als Fortsetzungsroman in der literarischen Wochenschrift *Zeit im Bild*. Am 1. August 1914, am Tag der deutschen Mobilmachung für den Ersten Weltkrieg, kam aber der Rückzieher: Der Verlagsleiter der *Zeit im Bild* schrieb: »Im gegenwärtigen Augenblick kann ein großes öffentliches Organ nicht in satirischer Form an deutschen

14 Mann (s. Anm. 13), S. 244 f.

15 Ebd. S. 245.

16 Heinrich Mann, *Briefe an Ludwig Ewers*, Berlin/Weimar 1980, S. 430 f., zit. nach Betz (s. Anm. 8), S. 81.

Verhältnissen Kritik üben. […] Ganz abgesehen davon dürften wir […] die ärgsten Zensurschwierigkeiten bekommen.«[17] Heinrich Mann akzeptierte den Beschluss und auch die Begründung. Die Veröffentlichung blieb unvollständig.

Heinrich Mann ließ in einem Privatdruck 1916 mindestens zehn Exemplare anfertigen, die er an Bekannte und einflussreiche Leute schickte und die später als Druckvorlage Verwendung fanden.

Privatdruck

Eine öffentlich verfügbare Erstausgabe konnte jedoch erst 1918, nach Waffenstillstand, Aufhebung der Zensur, Abdankung des Kaisers und nach dem Ausrufen der Republik erfolgen. Die eigentliche Erstausgabe in fester Buchgestalt erschien 1918 im Kurt Wolff Verlag in einer Auflage von 100 000 Exemplaren.

Die Erstausgabe

Die Erstausgabe erreichte innerhalb weniger Wochen großen Absatz. 1925 fasste Heinrich Mann drei Romane zur Trilogie *Das Kaiserreich* zusammen: *Der Untertan*, *Die Armen* und *Der Kopf*. Seit 1925 erschienen mehrere Gesamtausgaben des Autors.

Mit Kurt Tucholsky, Arnold Zweig und Alfred Kerr gehörte Heinrich Mann dann zu den Ersten, die bei der Machtübernahme der Nationalsozialisten auf die Liste der unerwünschten Schriftsteller gesetzt wurden.

17 *Heinrich Mann 1871–1950. Werk und Leben in Dokumenten und Bildern. Mit unveröffentlichten Manuskripten und Briefen aus dem Nachlaß*, hrsg. von Sigrid Anger, Berlin 1971, S. 134, zit. nach: Betz (s. Anm. 8), S. 85.

Bücherverbrennung

Am 30. Mai 1933 wurden auch seine Bücher öffentlich verbrannt. Er erhielt Schreibverbot und fühlte sich zur Emigration gedrängt. Er stürzte tief: »Das Exil hat aus Heinrich Mann alles Leben, allen Lebensmut und alle Schaffenskraft herausgepresst. Und danach, nach dem Krieg, war es zu spät zur Rückkehr.«[18] Ehe er ein ehrenvolles Angebot aus Ost-Berlin annehmen konnte, Präsident der neu gegründeten Deutschen Akademie der Künste zu werden, starb er in Amerika und wurde dort begraben.

Nachkriegszeit

Die erste Nachkriegsausgabe seiner Werke erschien 1946 im Aufbau-Verlag in Ost-Berlin. Für westliche Leser wurde *Der Untertan* hingegen erst 1964 in einer preiswerten Ausgabe verfügbar. In der DDR fand Heinrich Mann eine späte Anerkennung: Dort wurde sein Roman wirkungsvoll verfilmt, der Text war dort lange Zeit Pflichtlektüre der Oberstufe.

Die Verfilmung

Für die Rezeption der Werke Heinrich Manns war die Verfilmung von besonderer Bedeutung. Die Verfilmung von Manns Roman *Professor Unrat* durch Josef von Sternberg unter dem Titel *Der blaue Engel* hatte 1930 für Aufsehen gesorgt und war ein Meilenstein in der Filmgeschichte. 1951 betraute die DEFA, also die staatliche Institution der DDR, den Regisseur Wolfgang Staudte mit der Verfilmung des Romans *Der Untertan*. Der Film sieht sein Ziel darin, die Denk- und Handlungsweise Heßlings aufzuzeigen,

18 Volker Weidermann, *Das Buch der verbrannten Bücher*, Köln 2008, S. 167.

Abb. 3: Szene aus der Verfilmung von Wolfgang Staudte (DDR, 1951): Diederich Heßling (links, gespielt von Werner Peters) im Kreise der Studentenverbindung Neuteutonia – © United Archives GmbH / Alamy Stock Foto

den »Untertanentypus« also zu visualisieren. Die Folge:

> »So kann Staudte, obschon er sich an Manns Vorgabe hält, die Handlung des Romans in ihrer Zeit zu belassen, dem Film einen neuen Schluss anfügen, der den zeitlichen Bogen über den Nationalsozialismus bis in die Nachkriegszeit spannt und Kontinuitäten zwischen Kaiserreich, Faschismus und der Gegenwart der 1950er Jahre konstruiert«.

Wie erreicht Staudte das?

> »Das eben noch von Heßling im Gewittersturm eingeweihte Kaiser-Wilhelm-II.-Denkmal verschwindet in Rauch und Nebel, während das Horst-Wessel-Lied zu hören ist. Schließlich taucht das Denkmal in der Trümmerlandschaft der Nachkriegszeit unversehrt wieder auf. Schnitt, Musik und *Off*-Kommentar werden in dieser Sequenz ein letztes Mal mobilisiert, um die überzeitliche Aktualität der historischen Vorlage anzuzeigen«.

Staudte vermittelt so anschaulich, dass sich der »deutsche Untertanengeist […] mit dem Ende des Wilhelminismus nicht verabschiedet [hat]«, sondern »die aufgezeigten Verhaltensmuster auch noch 1951 Gültigkeit«[19] haben.

Verbot und späte Anerkennung in der Bundesrepublik

In der Bundesrepublik war Staudtes Verfilmung zunächst nicht erwünscht. Sie durfte 1951 auf dem Heidelberger Filmfestival nicht gezeigt werden, Aufführungen in westdeutschen Kinos waren verboten. Erst 1957 erreichte der Film *Der Untertan* in der Bundesrepublik in einer gekürzten Fassung die Freigabe. Im Jahr 1964 wurde ihm dann das Prädikat »besonders wertvoll« zuerkannt. Heute gilt Staudtes Arbeit als kongeniale Verfilmung, »als besonders gelungenes Beispiel einer Literaturverfilmung, die nicht nur film-

19 Brigitte Braun, »*Der Untertan* (Heinrich Mann – Wolfgang Staudte). ›… die ganze kleinbürgerliche Misere …‹«, in: *Interpretationen. Literaturverfilmungen*, hrsg. von Anne Bohnenkamp in Verb. mit Tilman Lang, Stuttgart 2012 [u. ö.], S. 175–182, hier S. 180.

ästhetisch Herausragendes leistet […], sondern auch den Erzählgestus der Romanvorlage […] exakt trifft.«[20]

Der historische Kontext der Romanhandlung

Das Wilhelminische Zeitalter

Zwar haben die Welten, die sich in Romanen eröffnen, immer fiktiven Charakter, doch weist *Der Untertan* sehr offenkundig Bezüge zur außerliterarischen Wirklichkeit auf: Die Hauptfigur, Diederich Heßling, wird in Abhängigkeit von der Figur des Kaisers Wilhelm II. entwickelt, die wiederum deutliche Ähnlichkeiten zur gleichnamigen realhistorischen Person aufweist. Das Romangeschehen ist weitgehend geprägt vom Denken und Handeln der beiden Figuren, vom selbstverständlichen Anspruch kaiserlicher Macht bei dem jungen Herrscher Wilhelm II. und von den Handlungsweisen seines fiktiven Untertans Diederich Heßling. Die übrigen Romangestalten werden der Titelfigur, nämlich dem herrschsüchtigen »Untertan«, zugeordnet, bilden aber insgesamt ein Panorama des Zeitalters und lassen einen Blick in die Vorgeschichte der Haupthandlung tun.

Ziel des Autors Heinrich Mann war nicht, einzelne Figuren oder Personen literarisch zu gestalten; er wollte vielmehr, wie er im Nachhinein schrieb, »das

20 Braun (s. Anm. 19), S. 175.

Abb. 4: Kaiser Wilhelm II., stilisiert als absolutistischer Fürst. Gemälde von Max Koner, 1890

Zeitalter besichtig[en]« und den »Roman des bürgerlichen Deutschen unter der Regierung Wilhelm[s] des Zweiten«[21] dokumentieren. Diederich Heßling und Kaiser Wilhelm repräsentieren das Wilhelminische Zeitalter, also die besondere Ausprägung des deutschen Obrigkeitsstaates. Ein Blick auf die historische politische Situation, auf die Heinrich Mann im *Untertan* Bezug nimmt, ist für das Verständnis des Romans daher wichtig.

Die politische Situation

In der Abfolge der preußisch-deutschen Geschichte ist das 19. Jahrhundert eine Zeit großer Spannungen, großer Gegensätze, vieler Konflikte.

Napoleon, der Emporkömmling aus Frankreich, war am Anfang des Jahrhunderts wie ein Sturm über Europa hinweggefegt, dann aber von den Truppen der Alliierten besiegt worden. In den sogenannten Befreiungskriegen hatten unter anderem Bürger und junge Studenten in den besiegten Staaten an Selbstbewusstsein gewonnen. Sie strebten nach Freiheit und Anerkennung. Als 1848/49 in den deutschen Ländern und Staaten – vor allem in Frankfurt, Berlin und Wien – Revolutionen ausbrachen, in denen die Bürger zugesicherte Rechte und Verfassungen von den autoritären Herrschenden einforderten, erschüt-

21 Heinrich Mann, *Ein Zeitalter wird besichtigt*, mit einem Nachw. von Klaus Schröter und einem Materialienanhang zusammengestellt von Peter-Paul Schneider, Frankfurt a. M. [4]2007, S. 206 f. zit. nach: Andrea Bartl, »*Der Untertan* – Klassiker und hochaktuell«, in: H. M., *Der Untertan*, hrsg. von Werner Bellmann, Nachw. von Andrea Bartl, Stuttgart 2021, S. 664–684, hier S. 664.

terte eine Krise die europäische Welt. Die Aufstände wurden niedergeschlagen; die Konflikte waren jedoch nicht gelöst. Unterschiedliche und kaum überbrückbare Gegensätze standen sich gegenüber. Von diesen Gegensätzen und ihrer Geschichte ist auch der Roman *Der Untertan* geprägt.

Ein Wort Bismarcks

Otto von Bismarck, der spätere deutsche Ministerpräsident, hatte als preußischer Abgeordneter am 30. September 1862 in einer Rede vor preußischen Abgeordneten die Linien künftiger Politik aufgezeigt. Diese Rede wurde häufig zitiert, um die Politik Bismarcks, auf eine griffige Formel gebracht, zu charakterisieren. Auch Heinrich Mann bedient sich der Vorlage. Bismarck hatte gesagt:

> »Preußens Grenzen nach den Wiener Verträgen sind zu einem gesunden Staatsleben nicht günstig; nicht durch Reden und Majoritätsbeschlüsse werden die großen Fragen der Zeit entschieden – das ist der große Fehler von 1848 und 1849 gewesen –, sondern durch Eisen und Blut [...].«[22]

Die besiegten »Achtundvierziger«

In Heinrich Manns Roman distanziert sich Herr Göppel ausdrücklich von Leuten, »die immer alles mit Blut und Eisen kurieren wollten« (S. 17). Er ist im Gegenteil für Leute, die »das deutsche Volk hochhalten sollte« (S. 17) und die »schon achtundvierzig dabei gewesen« (S. 17) waren. Die Trennlinie liegt für ihn

22 Otto von Bismarck, *Die großen Reden*, hrsg. und eingel. von Lothar Gall, Berlin 1981, S. 63.

zwischen denen, die eine kriegerische Lösung mit »Blut und Eisen« für angemessen halten, und denen, die auf eine demokratische Lösung, also auf sachliche Diskussionen und Majoritätsbeschlüsse setzen.

Als Wortführer dieser Gruppe, die auf eine friedliche Lösung und nicht auf Blut und Eisen setzt, darf der »alte Buck« (S. 17) angesehen werden, der »langsam und majestätisch« (S. 13) seinen Weg ging. Bürgerschaftliches Engagement zeichnet ihn aus: Denn »er bekümmerte sich um die ganze Stadt« (S. 13). Über die Vergangenheit des »alten Buck« erfährt man etwas später: »Buck war schon achtundvierzig dabei gewesen, er war sogar zum Tode verurteilt worden.« (S. 17) Er ist begnadigt worden und stand auch bei seinen Gegnern in hohem Respekt; und er gilt noch immer als eine Respektsperson, obwohl er zu den Verlierern der Aufstände gehörte. Er ist gewissermaßen die wahre Majestät.

Die Macht geht im Deutschen Reich seit 1871 vom Kaiser aus, er repräsentierte sie. Wilhelm II., »unser herrlicher junger Kaiser« (S. 65) genießt, wie die Leute ihn bewundern, wie sie ihm einen »Triumphzug« (S. 64) bereiten, wie sie in ihm den »von Gott gesetzte[n] Herr[n]« (S. 66), also »ein Werkzeug Gottes« (S. 170) sehen. Auch für Diederich ist der Kaiser die »Macht, die über uns hingeht und deren Hufe wir küssen« (S. 68).

Diese Macht war, betrachtet man die realhistorischen Begebenheiten, die Heinrich Mann im *Untertan* aufgreift – durchaus mit »Blut und Eisen« – in drei

Die siegreichen Monarchisten

Kriegen erstritten worden. Nach den siegreichen Kriegen gegen Dänemark (1864), Österreich (1866) und Frankreich (1870/71) hatten die Fürsten Wilhelm I. zum deutschen Kaiser ausgerufen. Als Alleinherrscher über Land und Leute, als Monarch, angeredet als »Majestät«, übt Wilhelm II., der Sohn Friedrichs III. und Enkel Wilhelms I., seine Macht aus, seit er 1888 den Thron bestiegen hat.

Der Romanfigur, die nach seinem Vorbild entworfen ist, ist Diederich Heßling in besonderer Weise zugetan: »Der Mensch war ein Monarchist, ein treuer Untertan« (S. 69). Dem (fiktiven wie dem realhistorischen) Kaiser ist sehr daran gelegen, dass diese Abstufung, und damit die gegebene Welt- und Standesordnung, erhalten bleibt. Die Monarchisten fürchten den Umsturz. Als Gegner gelten vor allem Sozialdemokraten – so im Roman der Vorarbeiter Fischer –, aber auch »Philister, Nörgler und Juden« (S. 142), zusammengefasst als »de[r] äußere[] und innere[] Feind« (S. 352). Tatsächlich stellte seit 1871 ein besonderes Gesetz »Majestätsbeleidigung« (S. 183) unter Strafe und drohte widrigenfalls mit Haft zwischen zwei Monaten und fünf Jahren.

Zur siegreichen Schicht der Monarchisten gehören die Adligen, die höheren Beamten, die Spitze des Militärs und alle, die sich dem Kaiser andienten. Im Roman verweisen Personengruppen häufig und mit Stolz darauf, dass sie beispielsweise in Sedan oder in Königgrätz, also an den Kriegsschauplätzen der sogenannten Einigungskriege 1864–1871, dabei waren.

Später treffen sie etwa in einem Kriegerverein zusammen und sind stolz, gedient zu haben. Ihre Hauptaufgabe sehen sie darin, den Kaiser im Kampf »für Thron und Altar« und »gegen den Umsturz in jeder Form und Verkleidung« (S. 142) zu unterstützen. Bedingungslos folgen sie ihm. Zu ihnen gehört Diederich Heßling. Auch er verteidigt die These der Monarchisten. Er sagt: »Macht geht vor Recht!« (S. 351) Für ihn gilt: »Blut und Eisen bleibt die wirksamste Kur!« (S. 351)

Buck, auf der Gegenseite, ist überzeugt: »Die einzige reale Macht ist heute der Friede!« (S. 351) Die liberalen und demokratischen Ideen hatten angesichts des Erfolgs der Monarchisten einen schweren Stand.

Die Neuteutonen: Eine Vorschule fürs Leben

Für Diederich Heßling bedeutet der Abschied aus dem wohlbehüteten Elternhaus und der Umzug aus dem heimischen Netzig in die Großstadt Berlin eine Veränderung, die er aus eigenen Kräften nicht zu bestehen weiß: Er »weinte […] oft vor Heimweh« (S. 16). Dann findet er Anschluss in einer Korporation, in der er auf das gesellschaftliche und politische Leben in der Wilhelminischen Zeit vorbereitet wird. Bei der Darstellung dieses besonderen sozialen Gefüges, einer studentischen Verbindung, berücksichtigt Heinrich Mann erneut die historischen Begebenheiten der Wilhelminischen Epoche.

Korporationen wie die Neuteutonia konnten ihre

Ursprünge auf die Zeit der Freiheitskriege gegen Napoleon und die französischen Besatzer zurückführen. Sie entwickelten sich dann zu studentischen Männerbünden mit strenger Struktur, ausgeprägtem Selbstbewusstsein und elitärem Gehabe. In der Zeit, in der Heinrich Manns Roman spielt, sind Studentenverbindungen reine Männersache und streng exklusiv. In den Universitätsstädten warben die Korporationen junge Studenten zum Beitritt. Ein entsprechender Treueschwur galt lebenslang.

Exklusivität

Strenge Hierarchie

Das Leben in der Verbindung ist streng geregelt. Als »Fuchs« hat das junge Mitglied vorwiegend Pflichten zu übernehmen, dem Komment, also den strengen Regeln der Verbindungen, zu entsprechen und der Verbindung Ehre zu machen. Er wird »Bursche« und übernimmt Ämter. Wenn er nach bestandenem Examen die Universität und den Standort der Verbindung verlässt, ist er »Alter Herr« und trägt diesen Titel mit Stolz.

Die in Heinrich Manns *Der Untertan* vorgestellte Verbindung »Teutonia« ist eine sogenannte »schlagende Verbindung«, für die das Fechten als Beweis von Männlichkeit charakteristisch ist. Der Name »Teutonia« lässt darauf schließen, dass die Verbindung monarchisch und kaisertreu ausgerichtet ist, antidemokratisch, auch antisemitisch, national, wenn nicht nationalistisch.

Diederich Heßling lernt die Verbindung zunächst als Gast, als »Konkneipant« (S. 31) kennen. Er bemerkt: »Alles ward laut kommandiert, und wenn man es richtig befolgte, lebte man mit sich und der Welt in Frieden« (S. 32). Wenig später wird er Mitglied: »Er war untergegangen in der Korporation, die für ihn dachte und wollte« (S. 32). In diesen beiden Sätzen wird der Kern der Untertanen-Mentalität deutlich, in die sich Diederich gern fügt und die ein Abbild der wilhelminischen Gesellschaft im Ganzen ist. Ab jetzt gilt es, der »Neuteutonia« Ehre zu machen. Erwartete Grundfähigkeiten sind Biertrinken und Säbelrasseln. Die Grundhaltung ist antidemokratisch und antisemitisch. Beleidigend wirkt, wie man über Frauen spricht; schlimmer, wie man sich ihnen gegenüber verhält.

Die Darstellung der Korporation und der einzelnen Mitglieder darf als Spiegelung des Wilhelminischen Obrigkeitsstaates gelesen werden – als eine Parodie auf das, was der Autor erlebt hat, oder als eine Satire, in der Staat und Gesellschaft in einem verzerrenden Spiegel gezeigt werden.

Spiegelung des Obrigkeitsstaates

Die »Neuteutonia« ist zu verstehen als ein Staat im Staate – für die einen wie ein Wunschbild einer erstrebten Gesellschaftsordnung, für die anderen wie ein verabscheuenswertes Schreckbild einer verkommenen Gesellschaft.

6. Interpretationsansätze

Obrigkeitsstaat und Untertanenmentalität

Der Kaiser als Romanfigur

Der erste Auftritt des Kaisers im Roman wird in der Art einer Reportage aus den »naßkalten Februartagen des Jahres 1892« (S. 62) geschildert, als der »junge[] Herr im Helm, der Kaiser« (S. 65), in Berlin auf der Straße »Unter den Linden« Demonstranten entgegenreitet und die kritische Situation allein durch sein Erscheinen zu seinen Gunsten ändert. »Das ist doch Wilhelm!« (S. 64), sagt jemand aus der Menge; und einige »bürgerlich Gekleidete« sagen zueinander: »Na Gott sei Dank, er weiß, was er will!« (S. 65) Ein älterer Herr fügt hinzu: »[W]as unser herrlicher junger Kaiser da macht, das werden die Kinder mal aus den Schulbüchern lernen.« (S. 65)

Auf diese Weise wird Wilhelm II., der Sohn Kaiser Friedrichs III. und der Enkel Kaiser Wilhelms I., in den Mittelpunkt der Aufmerksamkeit gestellt. Kaiser Wilhelm II. ist nicht Teil eines historischen Hintergrundes, sondern fordert als zentrale Figur und Thema des Romans zum Nachdenken über politische Verhältnisse heraus.

Wilhelm II. und die Verfassung

Nach dem frühen Tod seines Vaters war die historische Person Wilhelm mit 29 Jahren preußischer König und deutscher Kaiser geworden. Laut Verfassung war das Deutsche Reich ein Bundesstaat aus 22 souveränen Fürstenstaaten und drei freien Hansestädten. Der Artikel 11 bestimmte: »Das Präsidium des Bundes steht dem Könige von Preußen zu, welcher den Namen Deutscher Kaiser führt.« Um die Formulierung dieses Titels war vor der Kaiserproklamation 1871 heftig gestritten worden. Sie war schließlich akzeptiert worden, da sie als weniger anspruchsvoll als die Bezeichnung »Kaiser von Deutschland« angesehen wurde. Gemäß dem Wortlaut der Verfassung, auf die er allerdings nie vereidigt wurde, war der Kaiser also konstitutioneller Monarch in einem föderativen System, in dem Preußen das Übergewicht hatte.

Der Kaiser des Romans definiert seine Rolle (wie Wilhelm II. in der Wirklichkeit) gänzlich anders: Er sieht sich als »der von Gott gesetzte Herr« an, an den sich nach dem »Plan des Höchsten« (S. 66) Erwartungen richten, der folglich eine »Sendung« hat, sich einer »heiligen Sache« zur Verfügung stellt und sicher ist, dass »Gott mit ihm« ist (S. 66). Die Demonstranten, die auf den Straßen vor dem Schloss »Brot! Arbeit!« (S. 64) rufen, betrachtet er als »empörerische[] Knechte[]« (S. 66), die sich letztlich gegen Gott erheben, indem sie ihren Unmut gegen ihn, den von Gott als Obrigkeit bestimmten Kaiser, äußern. Von seinen Untertanen erwartet dieser Kaiser Gefolgschaft und Gehorsam.

■ Der Romankaiser als absoluter Monarch

Auf die Konzeption dieses Obrigkeitsstaates, der in einer festen ständischen Ordnung verankert ist, in dem alle staatliche Gewalt vom obersten Herrscher ausgeht und der von Luther einst gerechtfertigt wurde, beruft sich der Kaiser, der »steinern und blitzend« seine »Macht« demonstriert, indem er durch das Bran-

■ Der Obrigkeitsstaat

denburger Tor, das »Tor der siegreichen Einmärsche« (S. 68) reitet, durch das seine Vorgänger als Gewinner der sogenannten Einigungskriege gegen Dänemark, Österreich und Frankreich ritten. Er selbst glaubt, den Kampf nicht nur gegen äußere, sondern auch noch gegen innere Feinde führen zu müssen. Umsturz wäre in seinen Augen ein Sakrileg, ein Vergehen gegen die von Gott gegebene Weltordnung.

Der alte Buck: ein Liberaler

Für eine gänzlich andere Staatskonzeption tritt der alte Herr Buck ein. Er hat als »Achtundvierziger« (S. 128) gegen Fürstenmacht und Adelswillkür gekämpft, hat sich für Bürgerrechte und für eine Einigung des deutschen Volkes eingesetzt, wurde aber »besiegt [...], weil wir närrisch genug waren, an dieses Volk zu glauben« (S. 128). Er wurde zum Tode verurteilt, weil er »die Souveränität der Nationalversammlung gegen eine Partikularmacht verteidigte« (S. 129) und weil ihm »die deutsche Einheit [...] eine Gewissenspflicht« (S. 129 f.) war. Von den »Soldaten des Königs« (S. 130) besiegt, »zum Tode verurteilt« (S. 118), später begnadigt, hat er seine Vorstellungen von einem bürgernahen Staat nie revidiert. »Einigkeit und Recht und Freiheit« wären die Leitideen einer solchen staatlichen Ordnung.

In Netzig ist Buck als Stadtverordneter Mitglied des Magistrats und ein angesehener Bürger. Seine Erscheinung wird als »majestätisch«, sein Auftreten als »[w]ürdevoll« (S. 48), sein Händedruck als »warm und dennoch leicht und weich« (S. 125) beschrieben. Er ist als Autorität anerkannt, alle »entblößten vor ihm lange den Kopf« (S. 13), wenn er »langsam und majestätisch« (S. 13) in Versammlungen ging und sich dort um die öffentlichen Belange der Stadt kümmerte. Als Kind hatte Diederich Heßling gemeint, alles, »was öffentlich war, [...] gehört dem Herrn Buck« (S. 13). Doch nur im übertragenen Sinn »gehört dem Herrn Buck« die Stadt, und nur durch Ansehen und Autorität ist er »der mächtigste Mann in der Stadt« (S. 130), nicht durch Machtmittel und Verfügungsgewalt, erst recht nicht durch Intrigen und Finessen.

Buck und Heßling

Anlässlich des Kondolenzbesuches bei Familie Heßling versucht der alte Herr Buck den künftigen Firmenbesitzer Diederich Heßling für seine Ideen und für die Stadt Netzig zu gewinnen:

> »Ihr Vater war ein guter Bürger. Junger Mann, werden Sie auch einer! Haben Sie innere Achtung vor den Rechten Ihrer Mitmenschen! Das gebietet Ihnen Ihre eigene Menschenwürde. Ich hoffe, wir werden hier in unserer Stadt noch zusammen für das Gemeinwohl arbeiten.« (S. 49)

Diederich fühlt sich geehrt, bringt kaum mehr als ein Ja heraus, ist aber längst auf einem Weg, der ihn in eine ganz andere Richtung führt.

Als Diederich Heßling nach abgeschlossenem Studium zurück nach Netzig kommt, beginnt er seine Antrittsbesuche bei dem alten Herrn Buck. Dieser setzt weiterhin auf Heßling, hofft, ihn bald »im Magistrat zu begrüßen« (S. 125), in dem der rechte Platz

»für wahrhaft liberale Männer« (S. 126) sei. Diederich Heßling beteuert zwar: »Ich bin selbstverständlich durchaus liberal« (S. 126). Der Leser weiß jedoch, dass er mit dieser Wendung seine wahre Gesinnung verheimlicht.

Heßlings Entwicklung zum Untertan

Diederich heuchelt, wenn er behauptet, »ein durchaus liberaler Mann« (S. 131) zu sein; längst hat er sich als »Monarchist«, als »treuer Untertan« (S. 69) zu erkennen gegeben. Angelegt ist diese Disposition in der Kindheit; gefördert und entwickelt wird sie durch Erlebnisse und Erfahrungen in der Schul- und Studienzeit.

Diederich Heßling und die »kalte Macht«

Im ersten Satz des Romans wird Diederich Heßling vorgestellt als »ein weiches Kind, das am liebsten träumte, sich vor allem fürchtete und viel an den Ohren litt« (S. 7). Er verlebt eine unfrohe Kindheit. Höchste Instanz im Haus ist der Vater, der zugleich der »Prinzipal« (S. 8) der kleinen Firma ist und vor dem nicht nur die untergebenen Arbeiter, sondern auch die Ehefrau und die Kinder Angst haben. Für den kleinen Diederich – in der Verkleinerungsform »Diedel« (S. 9) genannt – ist der Vater »[f]ürchterlicher als Gnom oder Kröte«, und doch »sollte man ihn lieben« (S. 7). »[A]ngstgeschüttelt« betet Diederich zu der höchsten außerweltlichen Instanz – »dem schrecklichen lieben Gott« (S. 8). Die Angst vor dem irdischen und dem außerirdischen Vater und die feh-

Diederichs Ängste

lende »Achtung vor seiner Mutter« (S. 9) sind Hemmnisse für die Entwicklung eines Vertrauens in seine Mitmenschen wie auch in sich selbst. Die Folge ist, dass er als Kind »mit einem zu schlechten Gewissen durch sein Leben« (S. 9) ging und »sich selbst nicht [achtete]« (S. 9).

Eine erste Orientierung findet Diederich ausgerechnet in der Schule, die unter den »vielen furchtbaren Gewalten, denen man unterworfen war, [...] eine noch furchtbarere« (S. 10) war. In der Schule beglückt ihn »die Zugehörigkeit zu einem unpersönlichen Ganzen« (S. 11) und die klare, leicht durchschaubare Machtstruktur. Die »kalte Macht« fasziniert ihn; er bewundert die »Machthaber«, die scheinbar willkürlich, von einem Augenblick zum andern, sogar Hilfslehrer und Oberlehrer, »die bis eben so hohe Gewalt hatten« (S. 11), in den Abgrund stürzen konnten.

Die »kalte Macht«

Diederich lernt, »den Machthabern nachzuahmen« (S. 12). »Um von den großen Mächten [...] nicht ganz erdrückt zu werden« (S. 13), biedert er sich diesen an, stellt sich der Macht zur Verfügung und wird selbst »zum siegestrunkenen Unterdrücker« (S. 13 f.). Die Probe aufs Exempel macht er, als er »den einzigen Juden seiner Klasse« vor einem Kreuz in die Knie zwingt (S. 14). Er ist sich des Beifalls der Mitschüler sicher, gewinnt auch die Anerkennung der Lehrer, ist also kollektiv abgesichert. Zur Rechtfertigung seines Handelns braucht er weder Vernunft noch Gewissen: »Wie wohl man sich fühlte bei geteilter Verantwortlichkeit und einem Schuldbewußtsein, das kollektiv

Anbiederung an die Mächtigen

war!« (S. 14) Zugleich genießt er die Dominanz, den Sieg über den Wehrlosen, die Demütigung des Verfemten.

Nicht als Individuum, sondern nur im Kollektiv kann er sich Geltung verschaffen. Indem er Macht ausübt, gewinnt er an Selbstbewusstsein. Diese Macht ist aber keine legitimierte und verantwortete Macht, sondern angemaßte, gedeckt durch ein Kollektiv, das sich jeder Rechtfertigung entzieht. Diederich Heßling hat bereits in der Schule gelernt, »die Macht, die ihn in ihrem Räderwerk hatte« (S. 11), für sich zu nutzen, indem er sich einfügt, sich den oberen Mächten unterwirft und andient und zugleich die unterdrückt, die schwach sind oder Schwächen zeigen.

■ Das Räderwerk

Als Kollektive, in denen er aufgeht oder aufzugehen sucht und in deren Räderwerk er sich zurechtzufinden weiß, bieten sich ihm nach der Schule die studentische Korporation, das Militär und der Obrigkeitsstaat an. Überall findet er eine Hierarchie, die er als vorgegebene Ordnung akzeptiert, und eine Machtstruktur, die ihm Sicherheit und Halt zu geben verspricht: Nur der kann Macht nach unten ausüben, der die Macht über sich bedingungslos anerkennt, sich ihr mit »ganzem Herzen« (S. 519) unterwirft und in aller Form als untertänig erweist. Wenn er an jenem Februartag den Kaiser durch das Brandenburger Tor reiten sieht, weiß er: »Auf dem Pferd dort, […] steinern und blitzend, ritt die Macht!« (S. 68) Diese Macht aber geht nicht nur »über Hunger, Trotz und Hohn« (S. 68) hinweg, sondern auch über »uns […], weil wir alle sie

■ Machtstruktur und geltende Ordnung

lieben« (S. 68). Die einen, die sich auflehnen, werden unterworfen; die andern, die der Macht die »Hufe [...] küssen« (S. 68), unterwerfen sich freiwillig, weil sie die Macht »lieben« und »die Unterwerfung [im Blut haben]« (S. 68).

Diederich Heßling gehört zu denen, die sich freudig selbst unterwerfen, weil sie nur so in den Genuss kommen können, Macht nach unten auszuüben. Der so charakterisierte Untertan wird nicht unterworfen, sondern er ergibt sich freiwillig und mit Lust. Von außen gesehen wirkt es peinlich und lächerlich, wie Diederich in Berlin aus dem »Schmutzwasser« (S. 69) eines Tümpels seinen Kaiser anhimmelt und wie man ihn in Rom »in einer Lache sitzen« (S. 408) sieht, nachdem er das Wettrennen mit dem Kaiser absolviert hat. Heßling selbst empfindet die Begegnungen mit dem Kaiser als Höhepunkte seines Lebens; sie versetzen ihn in ein »Hochgefühl« (S. 405), in »Rausch« und »Raserei«, in einen »Himmel, wo unsere äußersten Gefühle kreisen« (S. 68). Diederich Heßling ist so eingenommen von seinem Kaiser, dass er alles tut, um sich ihm anzugleichen. Ehe er aus Berlin endgültig fortgeht, lässt er sich von »Hoffriseur Haby« seinen »Schnurrbart« nach der Art seines Kaisers zurechtstutzen: »Als es geschehen war, kannte er sich im Spiegel kaum wieder« (S. 110). Die Angleichung gerät immer mehr zur Identifikation mit seinem Idol bei gleichzeitigem Verlust der eigenen Identität. Auch er hat jetzt – wie sein angebetetes Vorbild – »etwas katerhaft Drohendes« (S. 110).

■ Angleichung an das Idol

Die Reden des Kaisers: zitiert und parodiert

In herrschaftlicher Manier tritt er in Netzig zunächst der Belegschaft seiner Firma entgegen. Er beginnt seine Rede: »Leute! Da ihr meine Untergebenen seid, will ich euch nur sagen, daß hier künftig forsch gearbeitet wird« (S. 115). Für ihn ist die Firma ein Abbild des Obrigkeits- und Untertanenstaats, in dem er Herr und alle anderen die Untergebenen sind, in dem er den Kurs bestimmt, der deshalb »der richtige« ist, in dem es folglich nur getreue Helfer geben darf und alle, die sich »entgegenstellen«, »zerschmetter[t]« (S. 81) werden. Er übernimmt dabei wörtlich Passagen aus Reden, die Wilhelm II. tatsächlich am 24. Februar 1890 beim »Festmahl des Brandenburgischen Provinzialtages«[23] und am 20. Februar 1891 auf dem Brandenburgischen Provinziallandtag[24] hielt. Dort sagte der Kaiser:

> »Brandenburger, zu Großem sind wir noch bestimmt, und herrlichen Tagen führe Ich euch noch entgegen. Lassen Sie sich nur durch keine Nörgeleien und durch missvergnügliches Parteigerede Ihren Blick in die Zukunft verdunkeln oder Ihre Freude an der Mitarbeit verkürzen. […] Mein Kurs ist der richtige und er wird weiter gesteuert!«[25]

Diederich Heßling begrüßt die Belegschaft seiner Fabrik folgendermaßen:

23 Johann (s. Anm. 4), S. 48.
24 Ebd., S. 53 f.
25 Ebd., S. 58.

> »Leute! […] Jetzt habe ich das Steuer selbst in die Hand genommen. Mein Kurs ist der richtige, ich führe euch herrlichen Tagen entgegen. Diejenigen, welche mir dabei behilflich sein wollen, sind mir von Herzen willkommen, diejenigen jedoch, welche sich mir bei dieser Arbeit entgegenstellen, zerschmettere ich.« (S. 115)

Heßlings Ansprache an die Arbeiter, die dabei sind, Lumpen zu zerkleinern, um daraus Papier zu machen, ist nicht nur einfach eine rhetorische Anleihe bei der kaiserlichen Rhetorik, sondern eine Verhöhnung des Kaisers, der am unpassenden Ort zitiert wird. Deutlich ist, dass der Untertan Heßling in Netzig eine Stellung für sich anstrebt, für die Wilhelm II. in Berlin das Vorbild abgibt.

Heßling als Spiegelbild und Karikatur des Kaisers

Indem der junge Firmenbesitzer Diederich Heßling bis in den Wortlaut hinein die Reden des Kaisers übernimmt, macht er sich nicht nur zu dessen Sprachrohr, sondern auch zu dessen Spiegelbild. Genau dies ist die Absicht des Erzählers und des Romanautors. In der Figur des Diederich Heßling parodiert, karikiert und kritisiert er die Herrschaftsausübung des jungen Kaisers.

■ Spiegelungen kaiserlichen Handelns

So lässt er Heßling mit Sötbier, dem Buchhalter der Firma, der mit Diederichs Vater »das Geschäft heraufgearbeitet« (S. 49) hatte, so umgehen, wie Wilhelm II. mit Reichskanzler Bismarck verfuhr. Wie Bismarck wird auch Sötbier veranlasst, sein »Entlassungsgesuch« (S. 395) einzureichen. Als der Arbeiter, den Heßling am Morgen maßregelte und entließ, vor dem Sitz des Regierungspräsidenten von Wulckow von dem wachhabenden Grenadier erschossen wird, ist Heßling, ohne die näheren Umstände zu kennen, auf der Seite des Soldaten: »Das Volk muß die Macht fühlen! Das Gefühl der kaiserlichen Macht ist mit einem Menschenleben nicht zu teuer bezahlt!« (S. 157) Für ihn hat der »Vorgang etwas direkt Großartiges, sozusagen Majestätisches. Daß da einer, der frech wird, einfach abgeschossen werden kann, ohne Urteil, auf offener Straße!« (S. 158) Er möchte den Soldaten möglichst schnell gelobt und befördert sehen und tut das Seinige dazu. Stoffliche Grundlage dieser Episode ist der sogenannte Fall Lück, der im Roman kurz Erwähnung findet, als er den kaisertreuen ›Untertanen‹ als Hinweis darauf dient (S. 172), wie der Kaiser auf die Erschießung in Netzig reagieren könnte. »In der Nacht zum 2. 4. 1892 erschoss ein Grenadier namens Lück einen Arbeiter, der ihn im angetrunkenen Zustand gehänselt und bedroht hatte. Der Kaiser ernannte den Grenadier daraufhin zum Gefreiten«.[26] Ohne die näheren Umstände des konkreten Falls zu bedenken, gehen die ›Untertanen‹ in Netzig davon aus, dass der Kaiser abermals die Gewalttat des Soldaten belobigen

26 Betz (s. Anm. 8), S. 32.

werde. Sie dürfen sich bestätigt fühlen, als der Roman-Kaiser auch ihren »braven Soldaten [...] telegraphisch zum Gefreiten befördert« (S. 188). Indirekt wird damit jedoch das Rechts- und Staatsverständnis des kaiserlichen Herrschers kritisiert.

Heßling als Parallelfigur des Kaisers

Heßling, der Untertan, wird zur Karikatur des Herrschers, indem er sich in Aussehen, Mimik und Gestik, in Rede- und Schreibstil immer mehr seinem Vorbild angleicht. In der Karikatur wird aber nicht nur das Abbild, sondern auch das Vorbild lächerlich gemacht. Dass das Absicht ist, lässt sich daran erkennen, dass Heßling, die literarische Figur, mit sehr vielen Zügen ausgestattet ist, die für Wilhelm II. nachgewiesen sind. So litt Wilhelm II. wie Diederich Heßling häufig »an den Ohren« (S. 7), fürchtete bei »Schmerzen im Hals [...] Krebs« (S. 181 f.) wie sein Vater zu bekommen, der an Kehlkopfkrebs starb. Wie der jugendliche Wilhelm wird Diederich »Konkneipant« (S. 31) in einer schlagenden Verbindung, unterhält in Berlin eine Studentenbeziehung wie der Kronprinz in Bonn und heiratet später Guste Daimchen, deren Vorname die Kurzform des Namens der deutschen Kaiserin, der Gemahlin Wilhelms II., ist: Auguste Viktoria. Vater Heßling stirbt früh wie Friedrich III., der Vater Wilhelms II. So kommen die Söhne in noch jugendlichem Alter ans Ruder, bestimmen eigenmächtig den »neuen Kurs«, entlassen bewährte Mitarbeiter, die ihnen an fachlicher und politischer Kompetenz überlegen sind, und verfügen als Familienoberhäupter über den Lebensstil und das Lebensschicksal ihrer Mütter und Geschwister. Unstet verfolgen sie später einen »Zickzackkurs« (S. 394).

Bedeutsame Namen

Herrschaftsgebiet dieses Diederich Heßling ist die fiktive preußische Provinzstadt Netzig, deren Name an »Nest«[27] erinnert und die die gleiche Vokalfolge wie Berlin hat, insofern also ein ›Berlin in Kleinformat‹ bezeichnet. Der Familienname »Heßling« weckt Assoziationen zu »Hass« und »hässlich« – und ist mit dem Wortbildungselement »-ling« gebildet, das häufig eine negative Bewertung enthält (wie z. B. »Schönling« oder »Schreiberling«). Der Vorname Diederich ist eine Variante zu Dietrich, bezeichnenderweise mit dem weicheren »d« statt »t« in der Wortmitte. Das Grundwort *diet* bedeutet im Germanischen ›Volk‹ und ist bis heute in dem Adjektiv »deutsch« enthalten, während *rich* auf die Wurzel *reg* ›führen, lenken‹ zurückgeht. Als »Herrscher des Volkes« oder »Herrscher der Deutschen« lässt sich der Name Dietrich übersetzen. Die Ironie ist unverkennbar: Diederich Heßling mag – wie sein Vorbild – noch so sehr nach Macht und Ansehen streben; letztlich ist er doch eher der gehasste Pseudo-Kaiser.

Heßling – ein Untertan neuen Typs

Wolfgang Buck, der Sohn des liberalen alten Buck, ist es, der in seiner Rede vor Gericht die politische und gesellschaftliche Situation analysiert und dabei auch auf das Rollenverständnis seines Antipoden Diederich eingeht. Für ihn ist Heßling, der »Untertan«, der in die Zeit und zum System passt: »Ein

27 Betz (s. Anm. 8), S. 8.

Durchschnittsmensch mit gewöhnlichem Verstand, abhängig von Umgebung und Gelegenheit, mutlos, solange hier die Dinge schlecht für ihn standen, und von großem Selbstbewußtsein, sobald sie sich gewendet hatten« (S. 260). Untertanen dieser Art – so Buck – mag es überall dort gegeben haben, wo in einer hierarchischen Struktur Herren über Knechte bestimmten; was den »neuen Typus« eines Untertans der Wilhelminischen Ära ausmacht, ist »das Prahlerische des Auftretens, die Kampfstimmung einer vorgeblichen Persönlichkeit, das Wirkenwollen um jeden Preis, wäre er auch von anderen zu bezahlen. Die Andersdenkenden sollen Feinde der Nation heißen, und wären sie zwei Drittel der Nation« (S. 260 f.).

Wilhelm II.: »Majestät« oder Vorsteher einer Papierfabrik?

Buck, der Vertreter der Verteidigung, greift den Zeugen Heßling persönlich an: »Die Papierfabrikanten neigen heute dazu, sich eine Rolle anzumaßen, für die sie nicht fabriziert sind« (S. 262). Im Einzelnen kritisiert er: »Reden fallen, wie von Kreuzrittern, indes man Blech erzeugt oder Papier; und das Pappschwert wird gezogen für einen Begriff wie den der Majestät, den doch kein Mensch mehr, außer in Märchenbüchern, ernsthaft erlebt« (S. 261). Mit diesen Bemerkungen geht der Redner weit über den aktuellen Anlass hinaus. Sie betreffen nicht mehr Heßling und Netzig allein, sondern Berlin und den Kaiser. Im übertragenen Sinne ist Wilhelm II. – so der satirische Angriff Heinrich Manns – nichts anderes als der Vorsteher einer Blechschmiede oder einer Papierfabrik. »Majestät« ist ein überholter Begriff und »in Wirklichkeit und im Gesetz« gibt es »weder den Herrn noch den Untertan« (S. 261). Überholt und lächerlich ist sowohl das Gebaren des Kaisers wie auch seines Untertans.

Der Majestätsbeleidigungsprozess und die Denkmalenthüllung

Das gesellschaftliche Panorama

Wesentliches Merkmal der darstellerischen Technik des Autors ist, dass er »schrittweise das ganze gesellschaftliche Panorama der Kaiserzeit« dadurch erschließt, dass er »die einzelnen Elemente dieses Panoramas gleichsam choreographisch in Gestalt bestimmter Figuren und Vorgänge« vorführt und diese »um seinen Helden gruppiert«.[28] Die Bewohner des fiktiven Netzig sind als Arbeiter, Bürger und Adelige genauso den Klassen und Schichten zuzuordnen wie die des kaiserlichen Berlin; Kirche, Justiz, Militär und Presse sind Kräfte, die in Netzig wie in Berlin Einfluss behalten oder erringen wollen; die Kommune Netzig bildet ein Spannungsfeld widerstreitender Kräfte, in dem Rang- und Sachfragen die Auseinandersetzung zwischen Personen und Personengruppen bestimmen.

Zentrale Ereignisse

Vorgänge, die als Episoden oder Szenen besonders eindrucksvoll aus diesem Panorama herausstechen, sind der Majestätsbeleidigungsprozess, der laut Heinrich Mann das »Centrum«[29] des Romans ausmacht,

28 Wolfgang Emmerich, *Heinrich Mann, »Der Untertan«*, München 1980, S. 61.
29 Emmerich (s. Anm. 28), S. 61.

Abb. 5: Illustration der Unwetterszene im Schlusskapitel des *Untertan* von Arne Jysch, aus: Heinrich Mann, *Der Untertan*, hrsg. von Werner Bellmann, Stuttgart: Reclam, 2021, S. 395

und die Denkmalenthüllungsfeier, die den Schlusspunkt der Geschichte vom »Anstieg und Abfall«[30] eines Untertanen schildert, der mehr als Antiheld entlarvt denn als Held vorgestellt wird.

Der Majestätsbeleidigungsprozess selbst ist eine Farce, die die Macht- und Rechtsverhältnisse im Obrigkeits- bzw. Untertanenstaat enthüllt. Aus den Akten ist bekannt, dass in den Jahren zwischen 1890 und 1892 mehr als 700 solcher Prozesse mit mehr als 500

Der Majestätsbeleidigungsprozess

30 Emmerich (s. Anm. 28), S. 61.

Verurteilungen geführt wurden.[31] Beide Zahlen erhöhten sich in den Jahren danach. Die Satire hat also durchaus einen realen Hintergrund.

Anlass des Prozesses ist jene unbedacht hingeworfene antisemitische Äußerung des Fabrikanten Lauer, der der »herrschende[n] Kaste« das Recht zur »Führung im Staat« mit dem Argument bestreitet: »Denn sie sind ja alle verjudet, die Fürstenhäuser einbegriffen« (S. 160). Heßling und die Kaisertreuen sehen darin eine verblümte Beleidigung des Hauses Hohenzollern. Heßling äußert die Absicht, Anzeige zu erstatten; Assessor Jadassohn wird Anklage erheben (S. 163). Beide wissen: »Wir haben die Macht« (S. 163), und beide sind sich einig: »Wir werden hier den Sumpf mal trocken legen« (S. 164). Tatsächlich geht es den beiden Wortführern weder um das Ansehen der kaiserlichen Majestät noch um Recht und Gerechtigkeit, sondern darum, »Geschäfte zu machen« – so Heßling – »[u]nd Karriere« (S. 165) – so Jadassohn; denn der auf Grund seiner jüdischen Herkunft benachteiligte Assessor Jadassohn möchte wohl bald Staatsanwalt werden; und Heßling hat in Lauer einen Konkurrenten, der ihm an Gewinn und Prestige überlegen ist, da er seine Arbeiter am Gewinn beteiligt.

Wolfgang Buck durchschaut das Intrigenspiel, hat jedoch weder die Kraft noch die Möglichkeit, den Kampf aufzunehmen. Anders als sein Vater setzt er sich nicht für die Sache ein, sondern nutzt die Gele-

31 John C. G. Röhl, *Wilhelm II. Der Aufbau der Persönlichen Monarchie*, München 2001, S. 575.

genheit seines Auftritts vor Gericht, um seine eigene Person zur Geltung zu bringen. Seine Analyse ist bestechend, aber wirkungslos, weil er schließlich zu pathetisch und ausufernd wird.

Der weitere Aufstieg Heßlings

Der mit Hilfe der im Staat dominierenden Mächte errungene Sieg über den Fabrikanten Lauer ist für Heßling das Fundament, auf dem er seine Stellung ausbaut. Er kann seine Firma erweitern, indem er Guste Daimchen mit ihrer Erbschaft heiratet. Er knüpft Beziehungen zu Kaisertreuen, taktiert mit politischen Gegnern, nimmt den Regierungspräsidenten für sich ein und verschafft sich so zunehmend Geltung in Netzig. Als bekannt wird, dass der schwerkranke Reichstagsabgeordnete »die Stadt zum Erben eingesetzt« habe und ihr eine »halbe Million wenigstens« (S. 322) hinterlasse, mischt sich Heßling in das nun anhebende Machtspiel ein. Bürgermeister Scheffelweis möchte »von dem Geld ein Säuglingsheim« (S. 322) bauen und wird darin von dem freisinnigen Arzt Dr. Heuteufel unterstützt. Napoleon Fischer und die Sozialdemokraten setzten sich dafür ein, »ein Gewerkschaftshaus« (S. 355) zu errichten. Pastor Zillich sähe am liebsten »eine Kirche« (S. 416) erbaut. Diederich Heßling und die Kaiserpartei setzen jedoch durch, dass mit dem Geld »in Netzig ein Kaiser-Wilhelm-Denkmal« (S. 369) entsteht – das Projekt mit dem geringsten praktischen oder gesellschaftlichen Nutzen.

Macht und Interessen

Dass dies nicht nur eine Dokumentation der Kaisertreue und der politischen Macht, sondern auch des persönlichen Interesses und Prestiges ist, erkennt man daran, dass vor allem Regierungspräsident von Wulckow und Diederich Heßling den größten Profit von dem Projekt haben. Die Enthüllung des Denkmals wird als Machtdemonstration der herrschenden Klasse inszeniert. Diederich Heßling, der Festredner, sieht sich am Ziel aller Anstrengungen angekommen.

Doch die Feier gerät zum Fiasko und entlarvt gründlich das Scheinbild einer auf Macht aufgebauten Ordnung. Die Feier wird während eines Unwetters abgebrochen, als die Kulissen zerstört sind, das Publikum flieht, der Festredner sich verkriecht und allein das Denkmal »Kaiser Wilhelm der Große noch dawar, mit allem Zubehör der Macht« (S. 523).

Heßlings Festrede

Die Festansprache, die Heßling entworfen hat und die letztlich durch das Unwetter abgebrochen wird, besteht zu einem Großteil aus leicht abgewandelten Zitaten kaiserlicher Reden.[32] Für den Redner steht fest, dass »der Weltenschöpfer das Volk im Auge behält, das er sich erwählt hat« (S. 516), dass der Weltschöpfer also »unser alter Alliierter« (S. 518) ist, dass die Herrscher Kaiser und König »von Gottes Gnaden« (S. 516) sind und dass es Aufgabe des Volkes sei, den absolut Herrschenden »jubelnd behilflich« (S. 515) zu sein.

»Allein Seiner Majestät« (S. 514) sei zu danken, dass das deutsche Volk, »in staunender Weise ertüchtigt« (S. 515), nun »die Elite unter den Nationen« (S. 515) bilde und eine »Höhe germanischer Herrenkultur«

32 Betz (s. Anm. 8), S. 70–75.

(S. 515) erreicht habe, die »niemals und von niemandem [...] wird überboten werden können« (S. 515). Das genaue Gegenbild zu diesem in jeder Weise vorbildlichen Staat glaubt er im »Kaiserreich unseres Erbfeindes« (S. 517), also in Frankreich, zu erkennen. Das »Reich Napoleons des Dritten« sei geprägt gewesen von »Materialismus«, »Geschäftssinn«, »leerer Religiosität« und »Chauvinismus« und habe deshalb »ein Ende mit Schrecken« (S. 517) genommen.

Die Charakterisierung, die hier vorgenommen wird, trifft jedoch in gleicher Weise oder noch mehr auf den Zustand des deutschen Kaiserreichs zu. Als breit angelegte Ironie sind die Sätze zu verstehen, in denen der Redner über Frankreich zu sprechen vorgibt, tatsächlich jedoch den Zustand des deutschen Kaiserreichs meint: »Im Äußern nur auf das Prestige gestellt, im Innern nur auf die Polizei, ohne andern Glauben als die Gewalt, trachtete man nach nichts als nach Theaterwirkung [und] trieb ruhmredigen Pomp mit der vergangenen Heldenepoche« (S. 517). Wer die Ironie entdeckt, erkennt, dass hier mit einem System abgerechnet wird, das vor dem Untergang steht. In der Unwetter-Allegorie wird dieser Untergang vorweggenommen.

■ Die indirekte Kritik am Kaiser

»Theater« und »Schauspieler« als Metaphern

Während Diederich Heßling und die meisten in seiner Umgebung vom Erscheinen des jungen Kaisers am Brandenburger Tor begeistert sind, geht »ein jun-

»Theater, und nicht mal gut.«

ger Mensch mit einem Künstlerhut« auf Distanz und urteilt: »Theater, und nicht mal gut« (S. 66). Für ihn ist das Auftreten des Kaisers eine Inszenierung, ein Schaueffekt, mit dem das Publikum gewonnen werden soll, demonstrierenden »Arbeitslosen« (S. 63) aber nicht geholfen ist, mit dem nichts bewirkt wird.

Das Theater ist ursprünglich ein Schauplatz, auf dem Handlungen von Rollenträgern gespielt werden. Die Handlungen, die aufgeführt werden, sind nicht wirklich, sondern fingiert oder nachgeahmt. Das, was die Schauspieler sagen und tun, wird ihnen nicht zur Last gelegt, wird nicht persönlich genommen. Die Wirkung des Spiels auf das Publikum wird beurteilt; Aufgabe des Schauspielers ist, die Zuschauer zu unterhalten oder zu bewegen, zum Lachen oder Weinen zu veranlassen, vielleicht auch zu belehren und zum kritischen Urteil zu bewegen. Im Theater wird Wirklichkeit gespielt und gespiegelt, jedoch nicht verändert und nicht gestaltet.

Theater in Netzig

Das gebildete Bürgertum in Netzig ist dem Theater sehr zugetan. Es gilt als Auszeichnung, eine Rolle in dem von Frau von Wulckow verfassten Stück »Die heimliche Gräfin« zugewiesen zu bekommen. Weitgehend unbeachtet bleibt die Intention des Spiels und auch die Tatsache, dass es starke Anleihen bei einem Goethe-Drama (*Die natürliche Tochter*, 1803) macht. Richard Wagners *Lohengrin* findet sogar bei dem den Künsten distanziert gegenüberstehenden Diederich Heßling Beachtung. Er glaubt, in der Handlung eine indirekte Werbung für die kaiserliche Politik zu erkennen. Und da der Kaiser geäußert hat: »Das Theater ist auch eine meiner Waffen.« (S. 399),[33] schließt Heßling sich der Meinung an. Für ihn sind auch die Feierlichkeiten, die mit der Denkmalenthüllung verbunden sind, Theater. Wörtlich sagt er: »Das ist das einzige, erstklassige Theater, es ist das Höchste, da kann man nichts machen!« (S. 511)

Diese Äußerung würde wahrscheinlich auch Wolfgang Buck, der enge Beziehungen nicht nur zu Schauspielerinnen, sondern auch zur Schauspielkunst hat, unterschreiben, jedoch mit einer entgegengesetzten Intention. Für ihn, den Antipoden Heßlings, ist sowohl der Majestätsbeleidigungsprozess wie auch die Denkmalenthüllung »Theater, und kein gutes« (S. 502). In diesem Staat, so darf man Wolfgang Buck interpretieren, geht es nicht um Wahrheit, Gerechtigkeit und Nützlichkeit für alle Bürger, sondern um Prestige, Glanz und persönlichen Erfolg. Indem er den Kaiser »einen großen Künstler« nennt und indem er Heßling als einen mittelmäßigen Zeitgenossen charakterisiert, der »ihm nachäfft« (S. 262), spricht er sowohl dem Herrscher als auch dem Untertan die Fähigkeit ab, ernsthaft, gewissenhaft und verantwortungsvoll zu handeln. Sie mögen »reden, […] blitzen, blenden, […] den Beifall eines Parterres [herausfordern]« (S. 262) – all das ist Theater. Es ist völlig unpassend, wenn im Gerichtssaal Komödie gespielt wird und wenn der regierende Herrscher sein Amt als

Der Kaiser – ein großer Künstler

33 Hier bedient sich Mann eines Ausspruchs Wilhelms II. vom 16. 6. 1898, siehe Betz (s. Anm. 8), S. 53.

Schauspieler versieht. Die Wörter Theater, Schauspieler und Rolle, als Metaphern auf den Staat und die Regierenden bezogen, werden im *Untertan* dazu genutzt, um ein Missverhältnis von Amtserwartung und Amtserfüllung anzuprangern, das gefährliche Folgen hat.

7. Autor und Zeit

Biografie

Heinrich Mann wurde am 27. März 1871, also im Jahr der Gründung des zweiten deutschen Kaiserreichs, in der Hansestadt Lübeck geboren. Der Vater Thomas Johann Heinrich Mann führte in dritter Generation eine Firma »Getreidehandlung, Kommissions- und Speditionsgeschäfte«, die der Familie im Laufe der Zeit Wohlstand und Ansehen verschafft hatte. Die Mutter Julia Mann, Tochter einer kreolisch-portugiesischen Brasilianerin und eines aus Lübeck stammenden Plantagenbesitzers, fiel als fremde Schönheit auf und galt mit ihrer Neigung zum Exotischen und Bizarren in der norddeutschen protestantischen Stadt als extravagant. Die angesehene Familie bewohnte lange Zeit das Patrizierhaus in der Mengstraße 4, das Heinrichs Großvater 1841 erworben hatte und das heute als »Buddenbrookhaus« ein weltbekanntes Literaturmuseum ist; denn dieses Haus ist Schauplatz des mit dem Literaturnobelpreis ausgezeichneten Familienromans *Buddenbrooks*, verfasst von Thomas Mann, dem jüngeren Bruder Heinrichs.

■ Kindheit in Lübeck

Heinrich Mann hatte eine wohlbehütete Kindheit, in der es an nichts fehlte, die allerdings streng darauf ausgerichtet war, die Familientradition und die Firma fortzuführen. Auf ihm als dem ältesten Sohn ruhten zunächst alle Hoffnungen. Als der Gymnasiast im humanistischen Lübecker »Katharineum« mit einigen

■ Der Heranwachsende

Lehrern und dann mit der Schule insgesamt in Konflikt kam, war die Enttäuschung für den Vater groß. Um dem Sohn Weltkenntnis zu vermitteln, schickte der Senator Mann den dreizehnjährigen Jungen 1884 während der Schulferien zu verwandten Kaufleuten nach Sankt Petersburg. Die Stadt und die Reise insgesamt machten einen großen Eindruck auf den Heranwachsenden: Er zeichnete, malte und verfasste ein Tagebuch, das er später ausarbeitete und das als erstes schriftstellerisches Zeugnis des später weltberühmten Autors gilt.

Die Abneigung gegen die Schule und die Enge seiner Vaterstadt wuchs: Heinrich Mann wollte, wie er später in einem Brief schrieb, »aus Lübeck, von der Schule, gleichviel in welche Art Leben«.[34] Er verließ die Schule in Unterprima, also ohne Abitur. Der Vater vermittelte ihm eine Lehrstelle als Buchhändler in Dresden. Doch das Arbeitsverhältnis wurde bald abgebrochen. Im April 1891 setzte der Zwanzigjährige die Lehre in Berlin beim angesehenen S. Fischer Verlag fort, und er nahm gleichzeitig regen Anteil am kulturellen Leben der Stadt. Er besuchte Vorlesungen in der Universitätsstadt, verfolgte, was das Theater bot, interessierte sich für die naturalistische moderne Literatur, schrieb erste Novellen und etwa 200 Gedichte. Der Vater in Lübeck beobachtete die Entwicklung mit Sorge. Er suchte Einfluss zu nehmen, damit der Sohn »nicht auf einen falschen zu seinem Unglück

■ Lehrzeiten

34 Brief an K. Lemke vom 27. 10. 1948. zit. nach: Jürgen Haupt, *Heinrich Mann*, Stuttgart/Weimar 2002, S. 15.

Abb. 6: Porträt Heinrich Manns aus dem Jahr 1931
– © akg-images

führenden Weg gerate«,[35] und verfügte in seinem Testament vom 30. Juni 1891, das er vor einer lebensgefährlichen Operation aufsetzte:

Das väterliche Testament

> »Den Vormündern mache ich die Einwirkung auf eine praktische Erziehung meiner Kinder zur Pflicht. Soweit sie es können, ist den Neigungen meines ältesten Sohnes zu einer s.g. literarischen Thätigkeit entgegenzutreten. Zu gründlicher, erfolgreicher Thätigkeit in dieser Richtung fehlen ihm m. E. die Vorbedingnisse: genügendes Studi-

35 Willi Jasper, *Der Bruder. Heinrich Mann. Eine Biographie*, München/Wien 1992, S. 45.

um und umfassende Kenntnisse. Der Hintergrund seiner Neigungen ist träumerisches Sichgehenlassen und Rücksichtslosigkeit gegen andere, vielleicht aus Mangel an Nachdenken.«[36]

Die Krankheit des Vaters war nicht mehr aufzuhalten. Der Senator und Konsul starb im 51. Lebensjahr. Die Firma wurde liquidiert. Der Verkauf erbrachte ein Vermögen von 400.000 Mark, das der Mutter monatlich etwa 600 Mark und den volljährigen Söhnen Heinrich und Thomas je 180 Mark an Zinsen einbrachte.

Kurz nach dem Tod des Vaters gab Heinrich Mann seine Stelle im S. Fischer Verlag auf und kurierte eine Lungenkrankheit in verschiedenen Sanatorien. Die Mutter zog nach München und bildete dort das neue Zentrum der Familie.

Der Tod des Senators hatte die Familie in eine Krise gestürzt. In Lübeck war der gute Ruf des Hauses dahin: »Das Wort von der *verrotteten Familie* lief um.«[37] Heinrich Mann, der körperlich angeschlagene älteste Sohn, suchte nach geistiger Orientierung. Zwar war er jetzt frei, seinen literarischen Neigungen zu folgen, da die Mutter, ihren eigenen Veranlagungen entsprechend, bereit war, den Sohn zu fördern und die testamentarischen Bestimmungen zu ignorieren; doch

36 Jasper (s. Anm. 35), S. 45.

37 Klaus Schröter, *Heinrich Mann in Selbstzeugnissen und Bilddokumenten*, Reinbek b. Hamburg 1967, S. 33.

schwankte er in seiner Einschätzung von literarischen Vorbildern und wegweisenden Lebenskonzepten.

Das vagierende Leben

Er führte eine Zeit lang »das vagierende Leben eines bohemischen Literaten und zugleich eines ›neurasthenischen‹ Kranken voller zermürbender Selbstbeobachtung und ruheloser Reisen«.[38] Zwischen 1892 und 1895 lebte er abwechselnd in Lausanne, Paris, Florenz, Riva, Bologna, Viareggio und Rom. Ab und zu besuchte er die »Rest-Familie«[39] in München. In dieser Zeit entsteht der erste Roman *In einer Familie*, zwischen September 1892 und Oktober 1893 geschrieben, 1894 erschienen, von der Mutter finanziert und dem französischen Romancier und Kulturkritiker Paul Bourget gewidmet. Von ihm hatte Heinrich Mann »Begriffe und Begriffsinhalte [einer] Psychologie der ›décadence‹«[40] übernommen, deren Wesenszug die fortwährende Selbstbespiegelung und Zerlegung des eigenen Inneren bei gleichzeitiger Unentschlossenheit zu Handlungsinitiativen ist und die zum bestimmenden Merkmal einer Richtung der modernen Literatur wurde. Später hat sich der Autor von dem Roman und den politischen Ansichten, die er zu dieser Zeit als Herausgeber der antisemitischen Zeitschrift *Das Zwanzigste Jahrhundert. Blätter für deutsche Art und Wohlfahrt* äußerte, öffentlich distanziert.

Zusammen mit seinem jüngeren Bruder Thomas

38 Haupt (s. Anm. 34), S. 18.
39 Ebd., S. 18.
40 Schröter (s. Anm. 37), S. 34.

Heinrich und Thomas Mann in Italien

verbrachte Heinrich Mann zwischen 1896 und 1898 fast zwei Jahre in Palestrina, dem alten Präneste, unweit von Rom in den Sabiner Bergen gelegen. Ein reger Gedankenaustausch fand zwischen den Brüdern statt. Gemeinsam ergingen sie sich »in Hohn und Spott über eine Gesellschaft, deren Lebensverhältnisse und Kunstbetrieb sie nicht anders als grotesk zu finden begannen«.[41] Ihr geistiger Mentor war Friedrich Nietzsche, dessen moralkritische Schriften beim deutschen Lesepublikum große Bewunderung wie strikte Ablehnung erfuhren. Sie planten sogar »eine Gemeinschaftsarbeit […] mit dem Titel ›Abwärts‹«[42]; doch konnten sie sich in der Einschätzung der gemeinsamen Familiengeschichte nicht einig werden. Deshalb führte Thomas Mann das Romanprojekt allein aus, das die Familiengeschichte der Lübecker Patrizierfamilie unter dem Titel *Buddenbrooks* weltbekannt und den Autor weltberühmt machte.

Heinrich Mann konzipierte zu gleicher Zeit *Im Schlaraffenland. Ein Roman unter feinen Leuten.* An diesem Werk – so meint er später rückblickend – habe er »die Technik des Romans«[43] gelernt. Wichtiger für die weitere Entwicklung scheint, dass er die Blickrichtung änderte: Gegenstand der analysierenden Betrachtung ist nicht mehr das Ich, sondern die Gesellschaft. Er erkennt: »Es ist notwendig, soziale Zeitromane zu schreiben. Die deutsche Gesellschaft kennt

Die Tendenz zum sozialen Zeitroman

41 Schröter (s. Anm. 37), S. 40.
42 Jasper (s. Anm. 35), S. 80.
43 Schröter (s. Anm. 37), S. 34.

sich selbst nicht. Sie zerfällt in Schichten, die einander unbekannt sind, und die führende Klasse verschwimmt hinter Wolken.«[44] Dieser Selbstverpflichtung folgte er in den nächsten Jahren.

Der Roman *Im Schlaraffenland* war Heinrich Manns erster großer Gesellschaftsroman voller satirischer Elemente, in dem die Gesellschaft der Wilhelminischen Kaiserzeit,

> »die ihre raubtierhaften Züge nicht verleugnen konnte und deren Brutalität und Lebensgier, deren Skrupellosigkeit und Machtwille, deren Eroberermoral und Gesinnungslosigkeit, deren Spekulantentum und Geistfeindlichkeit [...] einem erbarmungslosen Gericht unterworfen wurde«.[45]

In schneller Folge entstanden Romane und Novellen und zeugen von der ungeheuren Arbeitskraft des Autors. Doch vor allem die Werke, die die Wilhelminische Ära einer scharfen Kritik unterziehen, prägen bis heute das Bild Heinrich Manns. Im Jahr 1905 erschien *Professor Unrat*, jener Roman, der, angeregt durch einen Bericht im *Berliner Tageblatt*, zunächst als autobiografisch angereicherte Schulsatire gelesen wurde, später »als politische Kritik am ganz auf Macht gerich-

44 Schröter (s. Anm. 37), S. 41.

45 Helmut Koopmann, »Heinrich Mann«, in: *Deutsche Dichter*, hrsg. von Gunter E. Grimm und Frank Rainer Max, Bd. 7, *Vom Beginn bis zur Mitte des 20. Jahrhunderts*, Stuttgart 1989, S. 26.

teten Sinn des Wilhelminischen Imperialismus«[46] gedeutet und vor allem in der Filmversion *Der blaue Engel* (1930) ein Welterfolg wurde.

Die »Kaiserreich-Trilogie«

Erste Notizen zum *Untertan* sind aus dem Jahr 1906 überliefert. Dieses Werk, das erst 1918 erscheinen konnte, gilt bis heute als Heinrich Manns bedeutendster Roman, der zusammen mit *Die Armen* (1917) und *Der Kopf* (1925) zur Trilogie *Das Kaiserreich. Romane der deutschen Gesellschaft im Zeitalter Wilhelms II* zusammengefasst wurde.[47]

Der Bruderstreit

Die kurze Zeit brüderlicher Gemeinsamkeit in Italien konnte nicht verhindern, dass eine von Kind an gespürte Gegensätzlichkeit die beiden Schriftsteller, die auf dem Weg zum Ruhm waren, mehr und mehr auseinandertrieb. Der jüngere Thomas hatte als Kind unter der Dominanz des älteren Bruders gelitten; Heinrich hatte eifersüchtig beobachtet, wie der Vater den jüngeren Sohn Thomas vorzog. Früher als Thomas entdeckte Heinrich die Welt der Kunst, der Literatur und des modernen Lebens. Nun aber, als 1901 die *Buddenbrooks* erschienen und in der Ausgabe von 1903 ein ungeheurer Verkaufserfolg wurden, überholte der Jüngere den Älteren an Ansehen und Erfolg. Mehr als durch äußere Einflüsse wurden die beiden jedoch durch einen grundsätzlichen Gegensatz in ihrer Weltanschauung und in ihrem Lebenswandel getrennt:

46 Jasper (s. Anm. 35), S. 211.
47 Siehe dazu auch Jasper (s. Anm. 35), S. 355.

> »Heinrich lebte, wie er leben wollte, Thomas konnte das nicht. Während Heinrich sich offen zu seinen zahlreichen Frauenaffären im Halbweltmilieu bekannte und in der *Jagd nach Liebe* auch seine Gefühle für die Schwester Carla offenbarte, litt Thomas damals schweigend an seiner Homosexualität. Für die sexuellen Nöte des jüngeren Bruders, von denen Heinrich seit der Schülerzeit wusste, hatte er nie großes Verständnis aufgebracht.«[48]

Der Bruderstreit entwickelte sich zum Familienkonflikt, unter dem vor allem die Mutter in München litt. Trotz gelegentlicher Versöhnungsrituale blieb der grundsätzliche Gegensatz der beiden Brüder bestehen, was Thomas Mann später nicht hinderte, Heinrich hilfreich zu unterstützen, als dieser im Exil gegen Ende des Lebens in große Not geriet.

Affären und Ehen

Heinrich Mann suchte früh das sexuelle Abenteuer, kannte »in diesem Bereich keine Tabus« und betonte »mit Selbstbewusstsein seine Kennerschaft«[49] gegenüber anderen. Er kannte die Adressen einschlägiger Etablissements im Lübecker Hafenviertel, später in Dresden und Berlin, verarbeitete seine Erfahrungen literarisch und wurde von seinem Bruder scharf kritisiert.

Inés Schmied, von Heinrich Nena genannt, eine aus Argentinien stammende südländische Schönheit, stellte er seinem Bruder Thomas 1906 als Verlobte

48 Jasper (s. Anm. 35), S. 145.
49 Ebd., S. 103 f.

vor, verheimlichte diese Liaison seiner Mutter gegenüber bis 1908, wurde 1910 von ihr verlassen. Am 12. August 1914 heiratete er Maria (Mimi) Kanova, eine Schauspielerin aus Prag. Entgegen den Erwartungen der Familie – Thomas Mann lehnte Trauzeugenschaft und Teilnahme an der Hochzeit ab – fand Heinrich dann doch zu einem sesshaften Leben und zu geregelter Arbeit. Eine Tochter Henriette Maria Leonie wurde 1916 geboren. Doch dann begann bald die Entfremdung, 1928 erfolgte die Trennung, 1930 die Scheidung. 1929 lernte Heinrich Mann Nelly Kröger kennen: »Ort des Geschehens war das halbseidene Berlin der zwanziger Jahre«; Nelly »arbeitete in einer Bar und hatte einen Beschützer«.[50] Doch diese Nelly Kröger, die er 1939 in Nizza heiratete, half ihm später, die schwierige Flucht nach Portugal zu bestehen und in den USA Fuß zu fassen.

■ Politische Grundanschauungen

Als am Ende des verlorenen Ersten Weltkriegs in Deutschland die Republik ausgerufen und der Kaiser ins Exil verbannt wurde, durfte Heinrich Mann sich in seinen politischen Anschauungen bestätigt fühlen. Er wurde zum Anwalt der Republik. Seine Romane – vor allem der endlich veröffentlichte *Untertan* – wurden in hohen Auflagen gedruckt; seine essayistischen und journalistischen Schriften fanden große Verbreitung. Er warb für ein umfassendes Demokratieverständnis, trat für eine Vereinigung der europäischen Staaten ein und sah in Frankreich nicht den Erbfeind,

50 Jasper (s. Anm. 35), S. 105.

sondern die Kulturnation, die prägenden Einfluss auf Europa haben sollte. Im Oktober 1926 wurde er zum »Mitglied der Preußischen Akademie der Künste zu Berlin, Sektion Dichtkunst« gewählt. Einige Jahre später – 1931 – wurde er »Präsident der Sektion Dichtkunst bei der preußischen Akademie der Künste«. In dieser Funktion hat er »versucht, auch literaturpolitisch gegen den aufkommenden Faschismus Front zu machen« und »eine Volksfront« gegen Hitler zustande zu bringen.[51] Im Jahr 1933 folgte die Wende: »Die Machtergreifung der Nazis beendete seine Stellung als Präsident der Sektion für Dichtkunst […] und seine Zeit in Deutschland. Er floh nach Frankreich, 1940 über Spanien und Portugal in die USA. Dort lebte er […] bis zu seinem Tode 1950.«[52] Seine Bücher und Schriften waren schon 1933 in Deutschland öffentlich verbrannt worden.

Emigration

An die Einreisegenehmigung in die USA war die Auflage gebunden, eine Stelle als Scriptwriter in Hollywood anzutreten. So war der Lebensunterhalt für eine Zeit gesichert. Nach Ablauf des Vertrags stand Heinrich Mann ohne festes Einkommen da; seine Ersparnisse waren aufgezehrt; Verlagshonorare gingen nicht mehr ein. Der einst weltberühmte Autor war auf Hilfe seines Bruders angewiesen, der monatlich »vermutlich […] 100 Dollar«[53] überwies, und die Unterstützung durch seine Frau Nelly, die als Kranken-

51 Koopmann (s. Anm. 45), S. 41.
52 Ebd., S. 41.
53 Jasper (s. Anm. 35), S. 313.

schwester arbeitete. Mehrfach musste die Wohnung gewechselt werden; Krankheiten bereiteten zusätzliche Sorgen und Kosten.

Memoiren

In dieser Zeit schrieb der Autor drei Romane, eine Novelle, ungefähr 70 Essays und die Memoiren *Ein Zeitalter wird besichtigt.* Auf dieses Werk, das Zeitgeschichte und Autobiografie zugleich war, hatte Heinrich Mann seine Hoffnungen gesetzt. Doch von der ersten deutschen Ausgabe, die 1946 in Stockholm in einer Höhe von 3500 Exemplaren erschien, wurde in Jahresfrist nicht einmal die Hälfte verkauft. Übersetzungen kamen nicht zustande, da der Autor in Amerika »nicht nur unbekannt, sondern [...] auch unerwünscht«[54] war. Dagegen brachte der Ostberliner Aufbau-Verlag 1947 zwei Auflagen mit jeweils 20 000 Exemplaren heraus.

Tod und späte Ehrung

Seit sich seine Frau Nelly im Dezember 1944 in tiefster Verzweiflung das Leben genommen hatte, musste Heinrich Mann mehr als je zuvor die Hilfe seines Bruders und dessen Familie in Anspruch nehmen. In dieser Zeit zunehmender Vereinsamung trafen Sympathiebekundungen und Einladungen aus Ostdeutschland ein. Von den Kulturbehörden der DDR wurde ihm 1949 der »Nationalpreis I. Klasse für Kunst und Literatur« verliehen; im Jahr darauf wurde er zum Präsidenten der neu gegründeten Akademie der Künste in Ostberlin berufen. Ehe er die Schiffsreise antreten konnte, starb er am 12. März 1950 in Santa

54 Jasper (s. Anm. 35), S. 321.

Monica bei Los Angeles und wurde in der Nähe der Ruhestätte seiner Frau beigesetzt. Auf Veranlassung der DDR-Behörden wurde die Urne später nach Ostberlin geholt und am 25. März 1961 auf dem städtischen Dorotheen-Friedhof aufgestellt. Der Staatsratsvorsitzende Walter Ulbricht erklärte rechtfertigend: »Er war unser.«[55] Das wiederum mag ein Grund dafür gewesen sein, dass die Werke Heinrich Manns in Westdeutschland verspätet Anerkennung fanden.

Werke

1894 In einer Familie. Roman.
Der erste abgeschlossene Roman des Autors spielt am Anfang der neunziger Jahre des 19. Jahrhunderts und führt an die Schauplätze Berlin, Dresden, München, Genf. Doch weder die Orte noch die Zeitsituation gewinnen Gestalt. Erzählt wird die Beziehungsgeschichte von vier Personen, die, wie der Autor später selbstkritisch feststellt, »Zeit, Geld und niemals andere Sorgen haben, als mit ihren Gefühlen ins Reine zu kommen«.

Ehe ein vierwöchiger Erholungsurlaub in Kreuth zu Ende geht, verlobt sich Erich Wellkamp, ein begüterter 32-jähriger Hamburger ohne Beruf, mit Anna Grubeck, Tochter des in zweiter Ehe verheirateten Majors a. D. von Grubeck. Kurz darauf heiratet das Paar und lässt sich in Dresden eine Wohnung einrich-

55 Jasper (s. Anm. 35), S. 346.

ten, die von der elterlichen Wohnung direkt zugänglich ist. Zwischen Dora von Grubeck, der jungen Stiefmutter Annas und ihrem Schwiegersohn Erich entwickelt sich ein alle belastendes leidenschaftliches Verhältnis, dessen Spannungen durch den plötzlichen Tod Doras gelöst werden.

1897 Das Wunderbare und andere Novellen.
1898 Ein Verbrechen und andere Geschichten.

1900 Im Schlaraffenland. Ein Roman unter feinen Leuten.
Andreas Zumsee hält sich für einen begabten Dichter und fürchtet am Ende seines Studiums in Berlin im Jahr 1893 nichts so sehr wie ins rheinische Gumplach zurückkehren zu müssen, um dort als mittelloser Schulamtskandidat eine Lebensstellung zu finden. Deshalb sucht er Kontakte zur Berliner Journalistenszene, findet Zugang zum Haus des Bankiers und Generalkonsuls James Louis Türkheimer, gewinnt einen gewissen Reichtum beim Spiel und an der Börse, wird von Frau Adelheid Türkheimer, der sich vernachlässigt fühlenden Bankiersgattin, hofiert, geliebt und mit allem Luxus ausgestattet. Sie sorgt dafür, dass sein schnell zusammengeschriebenes Drama »Die Verkannte« in den Salons und in der Presse gefeiert wird. Der Abstieg für den Emporkömmling beginnt, als er sich mit der Geliebten seines Gönners Türkheimer einlässt und damit nicht nur ihn, sondern auch Adelheid, seine bisherige Geliebte, demütigt.

Andreas Zumsee wird aus der großen Welt, dem Schlaraffenland, wo die »Goldstücke unter den Möbeln herumrollen«, verstoßen; er erhält eine kleine Stelle als Redakteur beim »Berliner Nachtkurier« und muss das Proletariermädchen Agnes Matzke heiraten, das sich die Gunst ihres Liebhabers Türkheimer verscherzt hat.

1903 **Die Göttinnen oder Die drei Romane der Herzogin von Assy.**
Die Jagd nach Liebe. Roman.
1905 **Flöten und Dolche.** Novellen.

1905 **Professor Unrat oder Das Ende eines Tyrannen.** Roman.
Seit Jahren leidet der siebenundfünfzigjährige Gymnasiallehrer Professor Dr. Raat darunter, dass ihm, wo immer er geht, das Stichwort »Unrat« nachgerufen wird, dass es ihm aber nie gelingt, die Übeltäter zu packen. Als er im Heft eines Untersekundaners eine »Huldigung an die hehre Künstlerin Rosa Fröhlich« entdeckt, glaubt er endlich eine Möglichkeit zu haben, die am meisten gehassten Schüler Lohmann, Graf Erkum und Kieselack zu »fassen« und zu vernichten.

Der völlig weltfremde, kauzige Ordinarius sucht das Hinterhoflokal »Zum blauen Engel« auf, wo die singende und tanzende Rosa Fröhlich ein Gastspiel gibt und er tatsächlich seine Schüler antrifft. Doch der Professor wird von dem Milieu angezogen, er wetteifert mit den Schülern um die Gunst Rosas, wirft sich zum Alleinherrscher auf und glaubt, Rosa ganz für sich gewonnen zu haben. Als alles stadtbekannt wird, müssen die Schüler das Gymnasium verlassen; der Professor verliert seine Stelle; Rosa Fröhlich freut sich: »Nu wer' ich Frau Unrat.« Jetzt kann sie auch das bisher geheim gehaltene Kind in die neue Gemeinschaft aufnehmen: Existenzgrundlage sind die Ersparnisse des Professors in Höhe von 30 000 Mark.

Als dieses Vermögen aufgezehrt ist, richten Rosa und ihr Mann in einer Villa draußen vor der Stadt ein Etablissement ein, in dem Glücksspiele und Orgien aller Art stattfinden und in dem sogar die Honoratioren der Stadt Entspannung suchen und ihr Geld verlieren. »Unrat«, wie er von seiner Frau genannt wird, ist stolz, so manchen seiner einst verhassten Schüler vernichtet zu haben. Er vergisst sich, als er eines Tages ausgerechnet Lohmann im vertrauten Gespräch mit seiner Frau antrifft, wird ihr gegenüber gewalttätig, versucht Lohmann zu berauben und wird wenig später von der herbeigerufenen Polizei abgeführt.

1906 Novellenbände: **Schauspielerin, Stürmische Morgen, Mnais und Ginevra.**

1907 **Zwischen den Rassen.** Roman.

1907 Gretchen. Novelle.

Gretchen Heßling, Tochter von Diederich Heßling und seiner Gattin, verlobt sich mit dem Leutnant der Reserve Assessor Klotzsche. Klotzsche ist tiefgläubig, etwas langweilig und bietet Gretchen wenig mehr als die Aussicht auf ein spießbürgerliches Leben. Deshalb ist sie entzückt, als sie von Herrn Leon Stolzeneck, einem Schauspieler, der von vielen in der Stadt umschwärmt wird, angesprochen wird. Sie ist zuerst überrascht, dann tief enttäuscht, als dieser sie um Geld anpumpt und ihr dann einen Ring abluchst, den er als Geschenk betrachtet. Nach dieser Erfahrung drängt Gretchen Klotzsche zur baldigen Heirat.

1909 Die kleine Stadt. Roman.
1910 Das Herz. Novellen.
1913 Madame Legros. Drama.
1914/1918 Der Untertan. Roman.

1917 Die Armen. Roman.
Der während des Ersten Weltkriegs geschriebene Roman *Die Armen* ist der zweite Teil einer Romanreihe, die mit *Der Untertan* 1914 begann, mit *Der Kopf* 1925 abgeschlossen und dann unter dem Titel *Das Kaiserreich. Romane der deutschen Gesellschaft im Zeitalter Wilhelms II* zusammengefasst wurde. *Die Armen* sind als Fortsetzung des *Untertans* konzipiert und spielen in den Jahren 1912 bis 1914, also zwanzig Jahre nach dem *Untertan*. Sie bilden insofern ein Gegenstück zum ersten Roman, als sie jetzt die »Proletarier«, also die Armen, in den Vordergrund rücken und die Reichen, als »Bourgeoisie« klassifiziert, im Hintergrund agieren lassen.

Die Arbeiter und die Arbeiterfamilien von Gausenfeld erkennen ihre Abhängigkeit vom Fabrikbesitzer

Diederich Heßling, der Haupt- und Titelfigur des *Untertan*, der inzwischen zum Großindustriellen geworden ist und von seiner Villa Höhe auf die Proletarier-Siedlung hinabblickt.

Hans Balrich, ein zwanzigjähriger Arbeiter, ist bereit, den Kampf gegen Heßling und die besitzende Klasse aufzunehmen. Er verwahrt einen Brief, der Auskunft über den Ursprung des Heßlingschen Familienbesitzes gibt und aus dem hervorgeht, dass der Vater Heßlings bei einem Bürger Geld aufgenommen hatte, das er nie zurückzahlte.

Hans Balrich weiß, dass er nur dann Recht erstreiten kann, wenn er selbst Rechtswissenschaften studiert. Mit Feuereifer beginnt er Latein zu lernen, um zum Studium zugelassen zu werden. Professor Klinkerum gibt ihm Unterricht und unterstützt ihn. Viele aus dem Milieu hoffen auf Balrich, sehen aber mit Befremden, wie dieser den Kontakt zu seinen Leuten verliert. Er entwickelt sich zum Einzelkämpfer, der aber am Ende nicht gegen die Übermacht seiner Gegner ankommt und wieder einfacher Arbeiter wird.

Diederich Heßling, der die Krisenhaftigkeit seiner Lage erkennt, setzt sich durch und stellt zu Anfang des Weltkriegs seine Fabrik auf die Herstellung von Rüstungsgütern um. Seine Gegner von einst, der Sozialdemokrat Napoleon Fischer und die liberal orientierte Familie Buck, sind längst auf seiner Linie. Einzig in seiner eigenen Familie erwächst ihm Gegnerschaft – von seinen beiden Söhnen.

1925 Der Kopf. Roman.
1927 Mutter Marie. Roman.
1928 Eugénie oder Die Bürgerzeit. Roman.
1930 Die große Sache. Roman.
1932 Ein ernstes Leben. Roman.
1935 Die Jugend des Königs Henri Quatre. Roman.
1938 Die Vollendung des Königs Henri Quatre. Roman.
1943 Lidice. Roman.

1946 Ein Zeitalter wird besichtigt.
Das umfangreiche Werk wurde im Juni 1944 wenige Tage nach dem sogenannten D-Day, dem Tag, an dem alliierte Truppen an der Küste der Normandie landeten und die letzte Phase des Zweiten Weltkriegs einleiteten, abgeschlossen und zum Druck angeboten. Der Veröffentlichung und Übersetzung standen viele Hindernisse im Weg, die zum Teil in der Zeit, zum Teil in den Aussagen des Buchs begründet sind.

Das Werk lässt sich nur schwer einer literarischen Gattung zuordnen; es ist »Rechenschaft, Testament, Vermächtnis«,[56] enthält aber auch bis dahin unveröffentlichte fiktionale Texte. Es hat autobiografische Züge, geht aber auch der »Verschränkung von individueller Existenz und gesellschaftlicher Epoche«[57] nach.

56 Walter Dietze, »Nachwort«, in: *Heinrich Mann. Ein Zeitalter wird besichtigt*, bearb. von Gotthard Erler, Berlin [Ost] 1973, S. 565.
57 Ebd., S. 565.

Gegenstand des betrachtenden Rückblicks ist vornehmlich die vom Autor erlebte Zeit von 1871 bis 1944. In essayistischer Manier gehen Exkurse bis ins fünfzehnte und sechzehnte Jahrhundert zurück und bringen den Leser an wechselnde Schauplätze: nach Deutschland, in die Sowjetunion, nach Großbritannien, Frankreich, Amerika.

Die als »Autobiographie« ausgewiesenen Kapitel erzählen von der Kindheit, von »Gefährten«, so von Frank Wedekind, Arthur Schnitzler und dem berühmteren Bruder Thomas Mann, dann von literarischen Erfolgen und schließlich von der Emigration und den Lebensbedingungen in Amerika.

Da der Autor zu literarischen, kulturgeschichtlichen und gesellschaftspolitischen Fragen Stellung nimmt und – in Amerika lebend – Sympathien für Frankreichs Kultur und für die Gesellschaftspolitik der Sowjetunion zeigt, stößt er zunächst in den USA, dann in den englischsprachigen Ländern, schließlich in den westlich orientierten Staaten insgesamt auf Widerspruch und Gegnerschaft. Gedruckt und gelesen wird das Werk mit einigem Erfolg in Ostberlin und der späteren DDR. In Westdeutschland wird der Autor in der Nachkriegszeit ignoriert und boykottiert und erst sehr spät rehabilitiert.

1949 **Der Atem.** Roman.
1956 **Empfang bei der Welt.** Roman.

8. Rezeption

Während des Krieges 1916 erschien, nach mehreren unvollständigen Abdrucken in Zeitschriften, im Kurt Wolff Verlag ein Privatdruck von angeblich nur zehn Exemplaren, die an »prominente Kriegs-Kritiker« und an »Intellektuelle, bei denen mindestens die Abneigung gegen das Regime Wilhelms II. feststand«,[58] zur persönlichen Kenntnisnahme geschickt wurden. Eines dieser Exemplare erhielt der Autor, der darin Verbesserungen für die erste reguläre Buchausgabe von 1918, ebenfalls im Kurt Wolff Verlag, anbrachte. Erst als der Kaiser abgedankt hatte, die Republik ausgerufen und die Zensur aufgehoben war, konnte der Roman erscheinen. Innerhalb von sechs Wochen wurden dann 100 000 Exemplare verkauft. Eine Neuausgabe erfolgte 1929. Bis 1933 waren »über 150 000 Exemplare im Verkehr«.[59] *Der Untertan*, der seit 1980 in einer »ZEIT-Bibliothek« der hundert wichtigsten Bücher der Weltliteratur einen gesicherten Platz einnimmt, gilt als der Roman, der dem Autor »dauerhaften Ruhm und dauerhafte Feindschaft«[60] eingetragen hat.

■ Erstdruck 1918

Der Untertan polarisierte das Publikum und die Rezensenten in mehrfacher Hinsicht. Die Leser der

58 Betz (s. Anm. 8), S. 90.
59 Ebd., S. 130.
60 Alfred Kantorowicz, »Heinrich Mann, *Der Untertan*«, in: *Zeit-Bibliothek der 100 Bücher*, hrsg. von Fritz J. Raddatz, Frankfurt a. M. ³1981, S. 335.

Akzeptable Kritik oder Verleumdung?

Zeit zwischen 1918 und 1933 waren gezwungen, sich mit der eigenen Vergangenheit auseinanderzusetzen; denn sie hatten die Zeit, die im Roman behandelt wurde, miterlebt und wurden nun mit einer Einschätzung von Personen, Institutionen und Ereignissen konfrontiert, die sie teilen oder ablehnen mochten, die sie aber nicht unbeteiligt lassen konnte. Der Roman, als Zeitroman gelesene Analyse und Kritik des untergegangenen Kaiserreichs, war auch eine Kritik an der bürgerlichen Gesellschaft, deren Angehörige sich zu Untertanen hatten machen lassen und die nun aufgerufen war, eine Republik zu gründen und zu erhalten. Wer der Monarchie nachtrauerte, musste das Buch ablehnen; wer bereit für die Republik war, musste sich fragen lassen, ob er die Untertanenmentalität überwunden hatte und sich zu den indirekt geforderten republikanischen Tugenden bekennen wollte.

Eine zweite Polarisation hatte ihren Grund in unterschiedlichen Auffassungen darüber, was Wesen und Aufgabe der Kunst sei. Gegenstand wahrer Dichtung, so die extreme Auffassung, sollte »eine in sich geschlossene und schlüssige Eigenwelt mit eigenen Gesetzen«[61] sein, während alle Zweck- und Gebrauchsformen von Literatur als minderwertig abgetan wurden.

Kunstwerk oder Machwerk?

An der Frage, ob ein satirischer Zeitroman als Kunstwerk anzusehen sei, schieden sich die Geister. Für Peter Hamacher, einen der ersten Rezensenten,

61 von Wilpert (s. Anm. 7), S. 192.

ist »Manns Roman ein satirisch gesehenes Gesellschaftsbild aus einer kleinen Stadt« und zugleich ein »künstlerisch ausgezeichneter Roman«.[62] In der Sonntagsbeilage der Königsberger *Hartung'schen Zeitung* vom 19. Januar 1919 wird das Lob noch gesteigert: »Als Kunstwerk betrachtet, ist das Buch eine der wuchtigsten, formell und inhaltlich reifsten Satiren, die wir in deutscher Sprache besitzen.«[63]

Doch die negativen Urteile überwiegen. Viele sahen in dem Roman eine »Schmähschrift«,[64] eine »Karikatur«,[65] eine »Ressentimententladung«,[66] ein »Pamphlet«.[67]

Das Urteil des Bruders

Einer der frühesten und schärfsten Kritiker war Thomas Mann, der Bruder des Autors, der in dem Roman »ein Zerrbild ohne Wirklichkeitsgrund« sah und das Unternehmen als »Unfug« abtat.[68] »Mit Kunst hat das nur wenig oder gar nichts zu tun«,[69] las man am 15. Januar 1919 in den *Leipziger Neuesten Nachrichten*; man wurde belehrt: »Das ist literarischer Pamphletismus.«[70] Der Schweizer Literaturkritiker Korrodi sprach diesem »seitenlangen Verhohnepiepeln« sogar

62 Betz (s. Anm. 8), S. 110.
63 Ebd., S. 117.
64 Ebd., S. 128.
65 Ebd., S. 119.
66 Ebd., S. 118.
67 Ebd., S. 102, 118.
68 Ebd., S. 101.
69 Ebd., S. 116.
70 Ebd., S. 115.

die Qualität des Satirischen ab und warnte vor solcher Art »zersetzender Literatur«.[71]

Damit war das Urteil der Nationalsozialisten vorweggenommen. Als diese an die Macht kamen, landeten Heinrich Manns Bücher am 10. Mai 1933 auf dem Scheiterhaufen der verbrannten Bücher, sein Name fand sich auf der Liste der verbotenen Autoren. Er floh aus Deutschland.

Bücherverbrennung

Unmittelbar nach dem Zusammenbruch des sogenannten Dritten Reiches im Jahr 1945 erlebte das Buch eine zweite Erfolgswelle. Im Aufbau-Verlag, der vor allem Ost-Berlin und die sowjetisch besetzte Zone bediente, wurde 1946 eine erste Auflage von 12 000 Büchern gedruckt. Weitere Auflagen folgten, und später wurde *Der Untertan* zur »Pflichtlektüre im Deutschunterricht aller allgemeinbildenden Unterrichtsanstalten«[72] in der DDR. Die Schüler sollten erkennen, »daß sich die Macht imperialistischer Staaten auf diesen Typ des Bürgers gründet, der durch bedenkenlose Unterordnung zum willfährigen Objekt der Machtpolitik der Herrschenden wird«.[73] Damit war der Roman in die politische Pflicht genommen.

Erfolgswelle in der DDR

Mit großer Verzögerung kam das Buch in die westdeutschen Buchläden. Zwischen 1964 und 1982 wurden in der Bundesrepublik 510 000 Exemplare einer

Verzögerte Rezeption im Westen

71 Betz (s. Anm. 8), S. 114.
72 Rolf Schneider, »Romane von gestern – heute gelesen: Heinrich Manns *Der Untertan*«, in: FAZ vom 25. 08. 1980 (Nr. 156), S. 15.
73 Ebd., S. 15.

Taschenbuchausgabe verkauft. Immer häufiger wurde *Der Untertan* nun Gegenstand des Deutschunterrichts. Dabei interessierte weniger die einst aktuelle Analyse der Wilhelminischen Ära. Nicht als Zeitroman, sondern als Gesellschaftsroman wurde der Text interpretiert; diskutiert wurde über Grundfragen der Gesellschaft, über Macht und Autorität, über die Rechte des Einzelnen und seine individuellen Freiheiten. Im *Untertan* sah man »eine frühe literarische Studie zum autoritären Charakter, der seine brutalste Ausprägung im Dritten Reich erhalten hat«.[74]

Die Verfilmung

Die unter der Regie von Wolfgang Staudte in den DEFA-Studios der DDR entstandene Verfilmung des Romans kam 1951 in die Kinos der DDR, 1957 in die der Bundesrepublik. Wichtiger als die Frage, ob der Film den Roman angemessen adaptiere, schien den Kritikern die Beobachtung, dass die Bearbeitung tendenziell gegen die Bundesrepublik gerichtet sei. Diese Frage erübrigt sich inzwischen. Dagegen bleibt die Frage aktuell, wie der Einzelne durch die Gesellschaft geprägt wird und welche Möglichkeiten er hat, Staat und Gesellschaft zu beeinflussen. Der Roman nimmt Probleme auf, die in anderer Weise im Rahmen von Soziologie, Psychologie und Politikwissenschaft diskutiert werden.

74 Jürgen Wolff, *Stundenblätter »Der Untertan«. Interpretationsmethoden, Arbeitstechniken, Sozialformen*, Stuttgart 1983 (Klett Unterrichtspraxis), S. 16.

9. Prüfungsaufgaben mit Lösungshinweisen

Betrachtet man einen Text als Gewebe, wie es das Wort, das vom lateinischen Wort *texere* ›weben, flechten‹ abgeleitet ist, nahelegt, so kann man dieses gewebte Werk als ein Ganzes sehen und beurteilen; es gibt aber auch die Möglichkeit, Teile und Ausschnitte oder besonders geartete Verknüpfungen einzeln zu betrachten und zu erklären. Eine solche Betrachtungsweise wird in den folgenden Aufgaben eingefordert. Voraussetzung ist, dass der Betrachter einen Überblick über den ganzen Text hat, hier also: über den ganzen Roman.

Aufgabe 1: Analyse und Interpretation von Textausschnitten

Die Konzentration auf einzelne Teile eines Textes hat letzten Endes das Ziel, das Textganze zu verstehen. Erst das Zusammenspiel der Figuren eines Romans, die Verknüpfung der Erzählabschnitte und der Wechsel der Schauplätze vermitteln ein Bild des Ganzen. Aussagekräftig ist auch die Bauform eines literarischen Werks: Oft erkennt der Leser erst im Rückblick, welche Funktion ein am Anfang vermitteltes Gespräch zweier Figuren für das Verständnis des Gesamtwerks hat oder welche Bedeutung eine Nebenhandlung für das Thema des Romans hat.

Analysieren und interpretieren Sie den Abschnitt aus Heinrich Manns *Der Untertan*, in dem der erste Besuch Diederich Heßlings bei Familie Göppel erzählt wird. (Textausgabe S. 16–18: »Weil er sich aus der Nähe ... Diederich versprach es.«)

Lösungshinweise

Einleitung

Ordnen Sie den Erzählabschnitt in den Zusammenhang des Romans ein, indem Sie, von den äußeren Daten ausgehend (= Name des Autors, Titel und Erscheinungsjahr des gedruckten Textes) eine knappe Inhaltsangabe des Romans geben.

Ausführung

Stellenwert des Textabschnitts für den Gesamttext
- Welche Figuren werden vorgestellt?
- Wo spielt der Erzählabschnitt?
- Welche der agierenden Figuren kennt der Leser bereits, welche sind für ihn neu?

Analyse des Erzählabschnitts
- Ort des Geschehens
- Figuren und ihre Zuordnungen (Wer ist »Er« im ersten Satz des Abschnitts; wer ist sein Vater? Was erfährt man über Herrn Göppel, seine Familie, seine Vergangenheit?)

- Vorgeschichte der beiden Hauptfiguren des Erzählabschnitts (Vorgeschichte von Herrn Göppel, Vorgeschichte von Diederich Heßling)
- Thema des Gesprächs (Einschätzung der politischen Situation: Meinungen, Urteile, Weltanschauung, Interessen)
- Rede von Herrn Göppel (die Lobrede auf den »alten Buck in Netzig«; die Ehrenbezeugung für Leute, »die das deutsche Volk hochhalten sollte«; der herausgestellte Gegensatz zwischen Leuten, die schon »achtundvierzig dabeigewesen« sind, und den anderen, die immer alles mit »Blut und Eisen« kurieren wollten«; der Rückgriff auf historisches Wissen: Herr Göppel bekennt sich als freisinniger Parteigänger und als Gegner der in der Vergangenheit von Kanzler Bismarck verfolgten Politik; er hat es nicht mit den Kürassierstiefeln, die an Bismarck erinnern; er steht zu Buck und den Bürgern, die 1848/49 in Frankfurt und Berlin revoltierten, aber geschlagen wurden)
- Reaktion Diederich Heßlings (Heßling hat – noch – »keinerlei Meinung« und versteht nichts; hilflos steht er vor der eintretenden Tochter Agnes, die »durch Schönheit und Eleganz gleich furchtbar erschien«)

Schluss

Welche Funktion hat der Erzählabschnitt für den Gesamttext?

- Vor Diederich Heßling tut sich ein Scheideweg auf: Noch hat er keinerlei Meinung über »den Kanzler, die

Freiheit, den jungen Kaiser«. Für »Freiheit« stehen der alte Buck und die Achtundvierziger. Kanzler Bismarck und der junge Kaiser repräsentieren das monarchische Prinzip. Mit »Mädchen« weiß er vorläufig noch nichts anzufangen.

Aufgabe 2: Analyse und Interpretation von Schlüsselstellen unter Einbeziehung von weiterem Material

Charakterisieren Sie die Figur des Buchhalters Sötbier und erläutern Sie die Bedeutung, die diese Figur für das Textganze hat. Beziehen Sie die Darstellung der Entlassung Bismarcks in folgendem Textauszug von Christian Krockow mit ein. Berücksichtigen Sie vor allem die folgenden Textstellen:

- S. 49 (»Durch das Testament … noch ausdehnungsfähig …«): Sötbier als Vormund Diederichs
- S. 114 f. (»Davor stand der … zur Feier des Tages bereitstanden«): erste Begegnung zwischen Heßling, Sötbier und der Belegschaft
- S. 394 f. (»›Junger Herr‹, begann der Alte … Und er schritt von dannen«): Sötbiers Entlassung

Textauszug:

»Dieser 17. März 1890 war wirklich ein Schicksalstag: Am Vormittag überbrachte der Chef des Militärkabinetts General Wilhelm von Hahnke, dem Kanzler die

Aufforderung oder geradezu den Befehl, sein Entlassungsgesuch zu unterschreiben und ein paar Stunden später sich zur Entgegennahme des Abschieds im Schloß einzufinden. Da Bismarck mehr Zeit beanspruchte, um den Text sorgsam zu formulieren, erschien am Abend der Chef der Zivilkabinetts, Hermann von Lucanus, im Kanzleramt, um es anzumahnen. Am Abend des 18. März reichte Bismarck dann sein Abschiedsgesuch ein. Es handelt sich um ein Dokument von eigenem Rang und noch einmal um ein diplomatisches Meisterstück. Denn im Kern liest man kein Entlassungsgesuch, sondern die Bedingungen, die ein Staatsmann stellen muß, um verantwortlich zu regieren. Zunächst ist ausführlich von der Kabinettsordre von 1852 die Rede, dann von der Außenpolitik. […]
Erst nach dieser vorsorglichen Schuldzuweisung folgt in knappen Worten die Bitte, ›in Gnaden und mit der gesetzlichen Pension‹ entlassen zu werden. Es blieb das Satyrspiel – die kaiserliche Entlassungsordre vom 20. März, in der es hieß:
»Mein Lieber Fürst! Mit tiefer Bewegung habe ich aus Ihrem Gesuch vom 18. d. M. ersehen, daß Sie entschlossen sind, von den Ämtern zurückzutreten, welche Sie seit langen Jahren mit unvergleichlichem Erfolg geführt haben. Ich hatte gehofft, den Gedanken, Mich von Ihnen zu trennen, bei unseren Lebzeiten nicht näher treten zu müssen. Wenn Ich gleichwohl im vollen Bewußtsein der Tragweite Ihres Rücktritts jetzt genötigt bin, Mich mit diesem Gedanken vertraut zu machen, so tue ich dies zwar betrübten Herzens, aber in

der festen Zuversicht, daß die Gewährung Ihres Gesuches dazu beitragen werde, Ihr für das Vaterland unersetzliches Leben und Ihre Kräfte so lange wie möglich zu schonen und zu erhalten …«.

Christian Graf von Krockow: Bismarck. Stuttgart: Deutsche Verlags-Anstalt, 1997. S. 363, 365 f. –

Lösungshinweise

Einleitung

Geben Sie in einer knappen Inhaltsangabe – ausgehend von den äußeren Daten (Name des Autors, Titel und Erscheinungszeit des Textes) – einen Überblick über das Romanganze.

Hauptteil

- der Anteil der Figur Sötbier an der Romanhandlung (Buchhalter Sötbier als treuer Mitarbeiter des alten Heßling und als Kenner der Firmengeschichte; Sötbier als freundlicher, selbstbewusster Mitarbeiter, kompetent mit Durchblick und Überblick)
- der Bruch zwischen Sötbier und Heßling
- die Leerstellen der Figur Sötbier (keine Personenbeschreibung, keine Lebensgeschichte, kein Hinweis auf Familie)
- Funktion der Figur im Rahmen des Romans: Allego-

rie auf die Beziehung zwischen Wilhelm II. und Bismarck (die Beziehung zwischen Sötbier und dem alten Heßling spiegelt die Beziehung zwischen Kanzler Bismarck und Wilhelm II.: indirekt wird das Verhältnis des jungen Kaisers gegenüber dem Reichskanzler Bismarck getadelt; der Streit zwischen Wilhelm II. und Bismarck mit der entwürdigenden Entlassung wird in der allegorisch angelegten Entlassung Sötbiers verarbeitet)

- Sötbier wird als idealer Gehilfe des alten und neuen Heßling dargestellt. Das Verhältnis zerbricht, als Heßling die Überlegenheit Sötbiers nicht mehr ertragen will.

Schluss

- Zusammenfassung: An der Figur Sötbiers wird exemplarisch die satirische Intention des Romans deutlich. In der Darstellung der Entlassung Sötbiers kritisiert Heinrich Mann eigentlich das Verhalten Kaiser Wilhelms II. gegenüber Bismarck.

Aufgabe 3: Analyse und ausführliche Interpretation: Die Denkmalenthüllung

Analysieren und interpretieren Sie die zentrale Szene am Ende des Romans: die Enthüllung des Kaiser-Wilhelm-Denkmals (S. 500–524). Gehen Sie dazu zunächst auf die Umstände ein, unter denen das Denkmal entstanden ist, bevor Sie die wesentlichen Aspekte des Festakts selbst herausarbeiten, und untersuchen Sie, inwiefern die zentralen Themen des Romans in der Schlussszene noch einmal pointiert zur Darstellung kommen.

Lösungshinweise

Die Inszenierung der Denkmalenthüllung

Am »22. März 1897« wäre »Wilhelm der Große«, wie der Erzähler Wilhelm I. nennt, »hundert Jahre alt geworden« (S. 500). Das Denkmal, das die kaisertreuen Netziger ihm zu erstellen beschlossen hatten, sollte Netzig einen neuen Glanz verleihen. Die Vorbereitungen zur Einweihung waren in vollem Gange. Von ihnen und von den näheren Umständen der Denkmalenthüllung berichtet der Erzähler ausführlich. Gegner nennen die ganze Angelegenheit »Theater« (S. 502). Auf diese Weise wird die Darstellung der Denkmalenthüllung zum Höhepunkt und Schlusspunkt des Romans.

Die Vorbereitung (S. 501–513)

1. Der Festredner:
– Diederich Heßling hat die lange erstrebte Spitzenposition in Netzig erreicht: Als Vorsitzender des Denkmalkomitees gelingt es ihm, die Rolle des Festredners für sich zu sichern, während der Regierungspräsident von Wulckow lediglich eine Ehrengabe anlässlich der Enthüllung erhält.
2. Die Kulisse:
– Die Enthüllung erfährt reges Interesse sowohl durch die Bewohner Netzigs als auch durch hochrangige Personen aus Militär und Politik.
– Militärkordon und Fahnen geben der Enthüllung den Charakter eines Staatsaktes.
– Das Publikum wird standesgemäß arrangiert: Bevorzugung der Offiziere und des Militärs, Minderbeachtung und schlechtere Ausstattung der »Ziviltribüne« (S. 513), Dominanz der Männer. Ein Kampf um Status, den die Sitzordnung sichtbar macht, entbrennt unter den Damen: Guste Heßling besteht zunächst auf einen Platz im offiziellen Festzelt, nach der Zurückweisung streiten sie und Käthchen Zillich um einen dem Denkmal nahen Sitzplatz auf der Tribüne.
3. Das Monument (S. 501 f.)
– Adler und Löwen als symbolträchtige Schmuckelemente werden das Denkmal zieren. Die Gestalt des Kaisers bleibt bis zur Enthüllung verborgen.

Die Rede Diederich Heßlings (S. 513–519)

1. Die Anrede an das Publikum
- Einweisung des Redners durch den »Schutzmann« und Anrede des Publikums durch den Redner
- niedrige Sprachebene: »Nee, nee, Sie komm' noch nich 'ran« (S. 512); »Na, nu kommse man 'ran« (S. 513)
- erhabene Hochsprache: »Eure Exzellenzen! Höchste, hohe und geehrte Herren!« (S. 514)
- Huldigung Kaiser Wilhelms I.

2. Die problematische Selbstdarstellung des kaisertreuen Redners
- nationalistische Eigencharakterisierung: Angehöriger eines Kollektivs, der »Elite unter den Nationen« und »Höhe germanischer Herrenkultur« (S. 515)
- Bekenntnis zur religiös fundierten Monarchie: Wilhelm als »König von Gottes Gnaden« (S. 516); Gott als »unser alter Alliierter« (S. 518); Verantwortung »gegenüber Gott allein« (S. 516); »Wo der Erfolg ist, da ist Gott!« (S. 516)

3. Die problematische Darstellung des Gegners als Erbfeind
- »Napoleon hatte seine Krone nicht von Gott, sondern vom Volk« (S. 517), die von »krassem Materialismus«, »Chauvinismus« (S. 517) geprägte, »demokratisch verseuchte[]« Zweite Französische Republik unter Napoleon III. (der diesen Titel erst trug, seitdem er sich nach einem Staatsstreich zum Kaiser Frankreichs ausrufen ließ)
- Gefahr: »Schlammflut der Demokratie« (S. 518)

Destruktion der Rede und des Redners (S. 515–524)

- Am Anfang der Rede findet Heßling noch Beifall: Der »Oberpräsident[]« nickte »mit dem Kopf« (S. 515); »der Flügeladjutant [bewegte] die Hände gegeneinander«; »die Tribünen [brachen] in Beifall aus« (S. 515).
- Metaphorisch zu deutende Wettererscheinungen zeigen zunächst eine Wende, dann Ende und Untergang an: »Die Sonne war fort« (S. 516); »An dieser Stelle blitzte es« (S. 517); »Der Donner grollte« (S. 518); »Da krachte es im Himmel« (S. 519); »[D]a platzte der Himmel« (S. 520).
- Zunächst deutet Heßling das Gewitter als göttliche Zustimmung zu seinen Worten (»Unser alter Alliierter bezeugt es!«, S. 518). Zunehmend jedoch stellt sich im Publikum Unruhe ein, bevor die Festgesellschaft Schutz vor dem Unwetter sucht und sich gänzlich auflöst.
- Ironisiert wird die Ergebenheit der Festgemeinde vor dem Kaiser, die angesichts des Naturphänomens binnen kürzester Zeit zur Nebensache gerät.
- Auch wird Heßlings Drang nach Anerkennung ironisiert, wenn er den Wilhelms-Orden, unter dem Rednerpult hockend, mit lapidaren, umgangssprachlichen Worten (»Da hamse n Willemsorden«, S. 521) überreicht bekommt – und ihn mangels Zuschauenden trotzig dem Himmel als Zeugen zeigen muss (S. 524).
- Deuten lässt sich das Unwetter freilich auch als Metapher eines sich ankündigenden Umsturzes.

Aufgabe 4: Problemerörterung auf der Grundlage eines Textes

Heinrich Manns Roman *Der Untertan* hat seit seiner ersten Veröffentlichung – und bis heute – viel Zustimmung, aber auch viel Kritik erfahren. Nicht nur als poetisches Werk, sondern auch als Beitrag zur politischen Meinungsbildung war er lange Zeit umstritten. Ein einhelliges Urteil ist nicht zu erwarten. In einem Diskurs sollten unterschiedliche Standpunkte zu Wort kommen.

Analysieren Sie den folgenden Textausschnitt aus der Sekundärliteratur und bearbeiten Sie die Thesen mit Bezug auf den Roman *Der Untertan*.

Textauszug:

> »Satire scheint eine durchaus negative Sache. Sie sagt: ›Nein!‹ Eine Satire, die zur Zeichnung einer Kriegsanleihe auffordert, ist keine. Die Satire beißt, lacht, pfeift und trommelt die große, bunte Landsknechtstrommel gegen alles, was stockt und träge ist.
> Satire ist eine durchaus positive Sache. Nirgends verrät sich der Charakterlose schneller als hier, nirgends zeigt sich fixer, was ein gewissenloser Hanswurst ist, einer, der heute den angreift und morgen den.
> Der Satiriker ist ein gekränkter Idealist: er will die Welt gut haben, sie ist schlecht, und nun rennt er gegen das Schlechte an.«

Kurt Tucholsky: Was darf die Satire? In: K. T.: Ausgewählte Werke. Ausgew. und zusammengest. von Fritz J. Raddatz. Reinbek b. Hamburg: Rowohlt 1965. S. 318.

Lösungsvorschlag

Einleitung

Stellen Sie den Autor Kurt Tucholsky, den Text und die Textsorte kurz vor und erklären Sie die Aufgabe einer Problemerörterung.

Analyse des vorgegebenen Textes

Die Thesen:
1. Die vorangestellte These lautet: »Satire scheint eine durchaus negative Sache.« Ergänzend wird erläutert, dass es zu ihrem Wesen gehöre, dass sie beiße, lache, trommle. Zusammengefasst: Sie macht Personen, die sich ihr entgegenstellen, nieder, und sie prangert unliebsame Facetten von Sachverhalten, Gedankengebäuden und Weltanschauungen usw. an.
2. Aber: Wie eine Korrektur wirkt die zweite These – »Satire ist eine durchaus positive Sache.« Denn: Der Satiriker sei ein gekränkter Idealist. Er wolle die Welt »gut haben«. Er wolle die Menschen oder Umstände, die er attackiert, bessern.

Problemfrage

Ist die satirische Tendenz des Erzählers von Heinrich Manns Roman *Der Untertan* zerstörerisch und gefährlich oder hilfreich und notwendig?

Erörterung der Thesen auf der Grundlage des Romans Der Untertan

Welche Personen werden satirisch angegangen?

- die wohlhabenden, politisch einflussreichen, statusversessenen Spitzen der Gesellschaft
- die Korporation Neuteutonia
- Diederich Heßling
- Kaiser Wilhelm II. und seine Anhänger
- die Tagespresse
- …

Was möchte der Erzähler an der Welt verbessern?

- Die Kommunal- und Staatspolitik: Politiker, die sich ernsthaft für die Belange der Bürger interessieren und einsetzen und nicht ihre eigenen Interessen vorantreiben, Vetternwirtschaft betreiben usw.
- Eine andere Staats- und Regierungsform: demokratisch gewählte Regierung, deren Autorität sich auf den Rückhalt der Bevölkerung gründet und nicht auf einen vermeintlichen Willen Gottes – und deren Macht und Entscheidungsgewalt darum weniger instabil ist als die des Kaisers (der etwa gezwungen ist, auf Diederichs Telegramm in bestimmter Weise zu reagieren, um Unruhen zu vermeiden).
- Das Verhältnis der Geschlechter: Die Frauenfeindlichkeit Diederichs und anderer wird satirisch angeprangert.
- Verbesserte Arbeitnehmerrechte: Kündigungsschutz, Unfallversicherung usw.

Wie sähe die »ideale Welt« aus? Was erwartet der Erzähler von einem vorbildlichen Bürger?

- Hier kann man auf den alten Buck eingehen, der die Ideale der Revolution von 1848 verkörpert, sich ernsthaft für das Wohl der Gemeinde einsetzt – aber als ›Verlierer‹ in der neuen Wilhelminischen Ära dargestellt wird.

Schluss

Die satirische Schreibweise entlarvt den Egoismus, den Werteverfall und die den gesellschaftlichen Zusammenhalt erschütternde Untertanen-Mentalität der Wilhelminischen Ära und ist für diese insofern gefährlich und zerstörerisch. Im historischen Rückblick von heute, insbesondere nach den Erfahrungen mit dem Dritten Reich, ist das aber als hellsichtig und positiv zu bewerten.

10. Literaturhinweise/Medienempfehlungen

Textausgaben

Heinrich Mann: Der Untertan. Roman. Hrsg. von Werner Bellmann. Nachw. von Andrea Bartl. Stuttgart: Reclam, 2021. (Reclams Universal-Bibliothek. 19360.)

Es liegen mehrere Gesamtausgaben der Werke Heinrich Manns vor:

Heinrich Mann: Ausgewählte Werke in Einzelausgaben. Hrsg. im Auftrag der Deutschen Akademie der Künste zu Berlin von Alfred Kantorowicz. 13 Bde. Berlin: Aufbau-Verlag, 1951–62. [*Der Untertan* in Bd. 4.]

Heinrich Mann: Gesammelte Werke in Einzelausgaben. 14 Bde. Hamburg: Claassen, 1958 ff. [*Der Untertan* in Bd. 1.]

Heinrich Mann: Studienausgabe in Einzelbänden. Hrsg. von Peter-Paul Schneider. Frankfurt a. M.: Fischer Taschenbuch Verlag. – Der Untertan. Roman. Hrsg. von P. S. Frankfurt a. M.: Fischer Taschenbuch Verlag, 1996 (Fischer Taschenbuch. 13640.)

Biografien

Arnold, Heinz Ludwig (Hrsg.): Heinrich Mann. München 1986.

Haupt, Jürgen: Heinrich Mann. Stuttgart 1980. (Sammlung Metzler. 189.)

Jasper: Der Bruder. Heinrich Mann. Eine Biographie. München/Wien 1992.

Schröter, Klaus: Heinrich Mann in Selbstzeugnissen und Bilddokumenten. Reinbek b. Hamburg 1967. (rowohlts monographien.)

Stein, Peter: Heinrich Mann. Stuttgart/Weimar 2002. (Sammlung Metzler. 340.)

Wolff, Rudolf (Hrsg.): Heinrich Mann: Werk und Wirkung. Bonn 1984. (Sammlung Profile 7.)

Zur weiterführenden historischen Information

Die Wilhelminische Ära

Conze, Werner: Die Zeit Wilhelms II. und die Weimarer Republik. Deutsche Geschichte 1890–1933. Tübingen 1964.

Mann, Golo: Deutsche Geschichte des 19. und 20. Jahrhunderts. Frankfurt a. M. 1958.

Nipperdey, Thomas: Deutsche Geschichte 1866–1918. Bd. 1: Arbeitswelt und Bürgergeist. München 1990.

Kaiser Wilhelm II.

Johann, Ernst (Hrsg.): Die Reden des Kaisers. Ansprachen, Predigten und Trinksprüche des Kaisers. München 1966. (dtv dokumente. 54.)

Röhl, John C. G.: Der Aufbau der Persönlichen Monarchie. München 2001.

Röhl, John C. G.: Kaiser, Hof und Staat. Wilhelm II. und die deutsche Politik. München 1987.

Röhl, John C. G.: Wilhelm II. Die Jugend des Kaisers 1859–1888. München 1993.

Thoma, Ludwig: Die Reden Kaiser Wilhelms II. München 1965. (Piper Bücherei. 214.)

Interpretationen

Zur wissenschaftlichen Auseinandersetzung:

Emmerich, Wolfgang: Heinrich Mann: *Der Untertan.* München 1980.

Für die Unterrichtspraxis:

Hellberg, Wolf Dieter: Heinrich Mann: *Der Untertan.* Stuttgart/Düsseldorf/Leipzig 2003. (Klett Lerntraining. Lektürehilfen.)

Hummelt-Wittke, Monika: Heinrich Mann: *Der Untertan.* Interpretation. München 1998. (Oldenbourg Interpretationen.)

Wolff, Jürgen: Stundenblätter: *Der Untertan.* Interpretationsmethoden – Arbeitstechniken – Sozialformen. Stuttgart 1979.

Verfilmung

Der Untertan. DDR 1951. Regie und Drehbuch: Wolfgang Staudte. Darsteller: Werner Peters, Paul Esser, Renate Fischer, Sabine Thalbach, Friedrich Richter.

11. Zentrale Begriffe und Definitionen

Analyse: von griech. *analýein* ›auflösen, trennen‹. Methodisch-systematisches Herausarbeiten von Strukturmerkmalen und Zusammenhängen eines (literarischen) Textes unter gezielten Fragestellungen.

➤ S. 110 f., 113, 117, 122

Autor: lat. *auctor* ›Gewährsmann, Bürge; Urheber, Gründer‹; der Verfasser eines literarischen oder wissenschaftlichen Werkes.

➤ S. 7, 85

Bild: sprachliches Element mit mehrschichtiger Aussage. So kann eine Wolke nicht nur als Naturerscheinung beschrieben, sondern auch als Bedrohung verstanden werden. In literarischen Texten kommt bildliche Anspielung in unterschiedlichen Ausformungen vor – etwa als Vergleich, als Metapher, als Allegorie.

Charakterisierung: Art und Weise, wie das Wesen einer Figur dargestellt wird. Der Zugang zu einer Figur geschieht: 1. direkt, d. h. durch Angaben des Erzählers oder anderer Figuren, 2. indirekt, durch Handlungen und Reaktionen der Figur selbst, aus denen Charaktereigenschaften erschlossen werden können.

➤ S. 119

Diskussion: bestehend aus **Problemfrage, These, Argument, Beweis.** Ziel einer Diskussion ist, eine Problemfrage möglichst intensiv zu erörtern und dann den Diskurs zu einem vorläufigen Beschluss zu führen.

Eine **Problemfrage** ist eine offene Frage, etwa (1.) ob eine getroffene Aussage wahr oder unwahr ist oder (2.) ob ein gegebenes Geschmacksurteil akzeptabel ist oder nicht oder (3.) ob eine gemachte Empfehlung nützlich ist oder nicht oder (4.) ob ein Gerichtsurteil gerecht ist oder nicht.

Als **These** bezeichnet man die in einer Diskussion vertretene Behauptung, dass eine vorgebrachte Meinung wahr, akzeptabel, nützlich oder gerecht ist.

Unter einem **Argument** versteht man die eine These schützende Aussage, die anerkannt ist und damit als Beweis der vorgebrachten These dient.

Als **bewiesen** gilt eine These, deren Inhalt durch nachgewiesene Vordersätze so gestützt wird, dass alle Zweifel beseitigt sind.

➤ S. 125

Epik: von griech. *epikos* ›zum Epos gehörend‹. Sammelname für jede Form erzählender Dichtung wie Roman, Novelle, Kurzgeschichte. Epik ist neben Lyrik und Dramatik eine der Grundformen der Dichtung.

➤ S. 38

Erzähler: Aller Erzählkunst liegt die Ursituation zugrunde, dass ein Erzähler da ist, der das Erzählte einem Hörer- oder Leserkreis vermittelt. Der Erzähler ist vom Autor zu unterscheiden und kann als Ich-Erzähler, als auktorialer Erzähler und als personaler Erzähler auftreten.

➤ S. 42, 45, 122–124

Erzählhaltung: die Art, wie der Erzähler Ereignisse, Handlungen oder Figuren sieht, beurteilt oder von ihnen spricht, d. h. die Einstellung des Erzählers zu Geschehen und Figuren.

➤ S. 44

Erzählte Zeit: Zeitumfang der erzählten Handlung. Zu unterscheiden von der Erzählzeit, also von der Dauer des Erzählens, des Lesens oder Hörens. Die Erzählzeit kann sich mit der erzählten Zeit decken, sie kann länger sein als die erzählte Zeit oder sie kann kürzer sein. In letzterem Fall spricht man von Zeitraffung.

➤ S. 39

Figur: lat. *figura* ›Gestalt, Gebilde‹: 1. erdichtete Person, die in literarischen Werken Handlungsträgerin ist. Sie ist zu unterscheiden von der historischen oder Alltagsperson. So ist der von Heinrich Mann dargestellte Kaiser nicht identisch mit dem historischen Kaiser; 2. Bezeichnung für stilistisch oder rhetorisch auffallende Sprachgebung.

➤ S. 43 f., 62, 73, 111–116

Geschichte: Das Wort »Geschichte« leitet sich ab von dem Verb *geschehen* und meint zunächst den zeitlichen Ablauf des in der Wirklichkeit ablaufenden Geschehens. Also: Die Geschichte Roms meint dann den Ablauf der Geschehen von der Gründung Roms bis zu seinem Untergang.

»Die Geschichte Roms« meint aber auch die besondere Art der Aufzeichnung, der Deutung, der Erklärung, der Sichtweise dieser Abläufe, die zusammengefasst ein Geschichtsbild ergeben. Die Darstellung der Geschichte ist Aufgabe des Historikers. Geschichte kann Stoff für den Literaten werden.

➤ S. 10, 38, 40

Intention: lat. *intentio* ›Anspannung, Absicht‹. Aussageabsicht, die ein Autor beim Verfassen seines Werkes verfolgt.

➤ S. 82, 116

Interpretation: lat. *interpres* ›Vermittler, Ausleger, Übersetzer‹. Methodisch angelegte Gesamtdeutung eines literarischen Textes. Erwartet werden Hinweise zu Inhalt, Form, Intention, Sprachgestaltung und die Zusammenführung der Erkenntnisse in schriftlicher oder mündlicher Form. Erwünscht ist die Zuordnung zu einer Gattung und zum Gesamtwerk des Autors.

➤ S. 62, 110, 113, 117, 127

Ironie: Eine rhetorische ➤ Figur oder Ausdrucksweise: Das Gesagte entspricht nicht dem, was der Sprecher ausdrücken möchte. Eine häufige Spielart dieses uneigentlichen Sprechens ist es, das Gegenteil des Gemeinten zu formulieren. Damit die Ironie dem Publikum verständlich wird, bedienen sich die Sprecher meist bestimmter Ironiesignale, etwa mimischer oder gestischer Besonderheiten, Übertreibungen und weiterer sprachlicher Auffälligkeiten. Ironie kann ein Mittel der ➤ Satire sein.

➤ S. 10, 12, 45 f., 74, 81

Manuskript/Typoskript: Das Grundwort *Skript* ist eine Ableitung von lat. *scriptum* ›das Geschriebene‹. Das Manuskript ist die mit der Hand (lat. *manus*), das Typoskript ist die mit der Maschine getippte Vorlage für einen in den Druck gehenden Text.

➤ S. 47 f.

Parodie: (von griech. *parodia* ›Gegenlied‹) Nachahmung eines Werks in dessen Stil, aber in überzeichneter Form, so dass eine komische Wirkung erzielt wird; häufig mit kritischer Absicht, etwa in der ➤ Satire.

➤ S. 61, 70 f.

Quelle, Text und Kontext: Quelle ist der metaphorische Ausdruck für die Ursprungsstelle, aus der ein Autor Anregung für sein Werk entnimmt; die verarbeitete und auch erweiterte Quelle wird zu einem Text; die gedankliche oder auch literarische Umgebung des Textes kann als Kontext herangezogen werden.

➤ S. 47

Rezension: (von lat. *recensere* ›erzählen, aufzählen, lesen‹) auch: Besprechung, in der Regel eine in Druckerzeugnissen oder digitalen Medien niedergelegte, aber auch mündlich veröffentlichte Form einer Kritik, die einen bestimmten, neu erschienenen Gegenstand eines abgegrenzten Themenfeldes vorstellt und wertet.

➤ S. 9, 105, 107

Rezeption: (von lat. *recipere* ›zurücknehmen, annehmen, aufnehmen‹) Art und Weise, wie ein Kunstwerk von Zuschauern, Lesern, Kritikern und Wissenschaftlern aufgenommen und beurteilt wird. Über die unterschiedlichen Wahrnehmungen und Beurteilungen im Laufe der Zeit informiert die Rezeptionsgeschichte.

➤ S. 50, 105

Roman: bezeichnet ursprünglich Schriften in der romanischen Volkssprache im Unterschied zu lateinischen Werken. Sehr früh wird die Bezeichnung einzig auf Prosaerzählungen bezogen.

Der Roman ist eine umfangreiche Prosaerzählung, die sich durch eine mehrsträngige, vielschichtige Handlung und eine Vielzahl von Figuren unterscheidet. In der Regel umfasst ein Roman eine längere Zeitspanne, in der die Geschichte und das Schicksal eines Individuums oder einer Menschengruppe dargestellt wird.

Unter thematischen Gesichtspunkten unterscheidet man den Bildungsroman, den Entwicklungsroman und den

Zeitroman. Weitere mögliche Untergliederungen sind: Historischer Roman, Liebes-, Ehe-, Familien- und Kriminalroman.

➤ S. 7–12, 38–41

Satire: Unter Satire versteht man eine Schreibhaltung und Textgestaltung in der zum Teil ironisch, zum Teil bissig und sarkastisch Personen und Gegenstände verzerrt dargestellt werden, um Missstände zu entlarven und eine Änderung in Gang zu setzen.

➤ S. 61, 91, 121–124

Sekundärliteratur: von lat. *secundarius* ›der Zweite der Ordnung nach‹. Wissenschaftliche Darstellungen und Untersuchungen zu einem literarischen Werk, aber auch Sachtexte über einen Dichter, eine literarische Epoche oder eine Gattung. Den Gegensatz hierzu bildet die Primärliteratur.

➤ S. 121

Stoff: hier: das inhaltliche Rohmaterial, das der Autor in eine literarische Form bringt, also in eine dramatische oder epische Form (Komödie oder Tragödie; Roman, Novelle, Kalendergeschichte usw.). Für den Roman *Der Untertan* verwendet Heinrich Mann unter anderem Reden Kaiser Wilhelms II., aber auch Zeitungsausschnitte und persönliche Erfahrungen.

➤ S. 47, 72

Thema: Grundgedanke eines literarischen Werks, also: der geistige Gehalt auf die kürzest mögliche Form gebracht.

➤ S. 62, 110

Zeichen: sind sprachliche, bildliche oder klangliche Verweise auf etwas Gemeintes, das oft nur angedeutet, selten ausdrücklich genannt wird. Eine Aufforderung zur Deutung empfindet der Leser, wenn er einen Hinweis als Metapher, Allegorie, Chiffre oder Vergleich erkennt.

➤ S. 26